腹帖

徐禎苓 ── 著

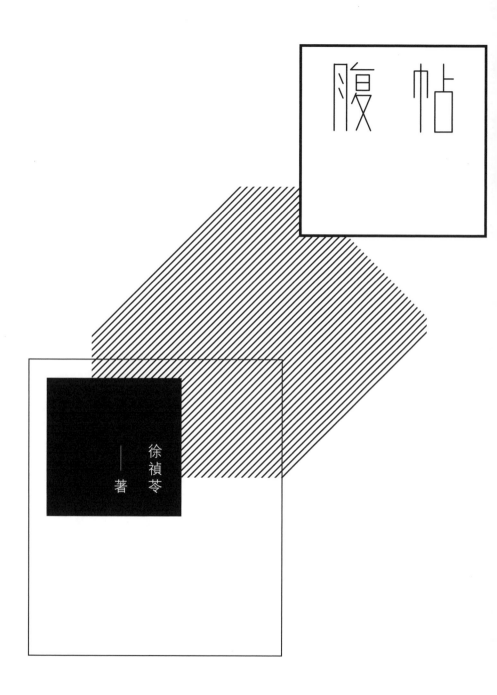

推薦序

禎苓牌發電場

吳鈞堯

台灣推動環保很全面了，紙的回收、再使用，是重要環節。收到出版社寄來的禎苓稿件，回收紙印的。稿件正面是禎苓稿件，背面呢？後頭的文章與我何干，當然未多聞問。但是放下書稿再捧讀，難免讀到背後去。誤讀了幾回，赫然發現正是幾年前在我主編的《幼獅文藝》，寫了專欄的新銳。

這插曲，倒成了個隱喻。

正面、反面，移動、不動，外在、內在，實線、虛線等，這些個「存在」都真實的，但人常拙於留神，便消失「不在」了。禎苓的一個可觀處是「靜」。靜觀之下，一些浮塵有了閃爍與光譜。

「抒情」，不是一個到位的字眼，我寧願以「線圈式抒情」解釋禎苓的抒情，當然，文學辭典上，沒這個字眼的。線圈是發電裝置。它是將金屬線一圈一圈圍繞起來，磁鐵穿過線圈時，磁力可使線圈中的電子產生流動。禎苓就是這塊磁鐵，安靜自在，外頭圈圈圍繞者，繽紛、但也紛擾，然而靜，可以掌握、可以穿透。

寫，我認為是經驗了、吸附了、反芻了、飽滿了，未必都是喜樂，經常混合悲喜，當我們坐了下來，一切有了徵兆。如果這是能寫、將寫、寫著的歷程，那麼禎苓是把自己穩穩地納入核心。她的外邊是女體、女病、成長、虛脫、溫暖與空泛等，一圈又一圈的線圈。它們是事情的正、反面，它們撞擊、它們經過。溫度與事件停留在她心裡。事件常是外在了，經痛、穿耳朵、燉木瓜等，但是外在會往內靠攏，形成磁力，形成電流。

禎苓的散文是這樣子了：不停穿梭外在與內在世界，進行著高密度的互補、交換，回饋我們，一點點人間味道。

篇章如〈耳洞〉、〈腹語〉或〈染髮〉等，故事都私密的，但把心事曬衣服一般掛在這兒，不單求風乾，而尋它們的顏色。〈耳洞〉裡寫著送她耳環的人一一遠走，她的身體還留存他們存在痕跡。一個人留下一種痛，一段身世。一個洞，一種空，裡頭裝著她與母親、還有祖母的世代。這很高明了，也耐人尋味。

〈羊腸小徑〉寫外公沉默，愛讀金庸小說，他的胃腸因堵塞住院。禎苓到了馬尼拉，鬧肚疼，同時也參觀了如羊腸小徑的貧民窟。一個肚子裝著親情、病體以及悲天憫人，這是禎苓從她的核心，看出去的天地，它們看是分解，其實又聚合了。〈異味〉也精采，透過香水與疾病的噁臭，談肉體的青跟衰，寫著韶華的消逝。

抒情必須累積資本，生活的日常、記憶的冷青以及時間的疏漏處，經常都讓人、以及人情，一一流失了。禎苓是善於吸附的，猶如線圈的核心。吸附後，再往外拓展跟釋放。

作家的寫，是把宇宙萬物都納回心坎，說一聲口令，萬物、萬事，各安其位了。禎苓以正面對照反面、用不動映看移動，寫外在事件，延伸內在圖像。在禎苓的抒情場上，許多線頭電流一般，穿梭、迴旋，生活萬種都有了對照。莫忘了禎苓的文字，亦見靜觀。看得深、寫得輕，柔腸婉轉，又透澈晶瑩了。是一種銘刻，又抹去了刻痕。

說是「靜」，其實仍是一種「動」。移動日常的生活，到靜謐的舞台上。經驗一切的表面，但看到實質內斂的指涉。這把一個人，當磁鐵了，當作家啟動了感官，喊著萬物，它們便說，我在。

（本文作者吳鈞堯，現任《幼獅文藝》主編，著作含散文與小說，獲獎無數。）

目次

輯一／肉身

輯二／腹帖

輯三／廚房

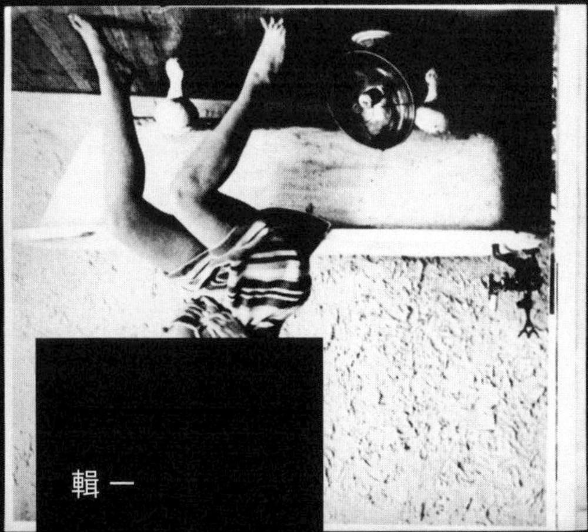

輯一

肉身

我等生死肉身，為結使業所牽，不得自在，如此深法，誰能及之？
——《大智度論》

染髮

我染頭髮很多年了。

高中畢業典禮前夕，校園突然出現難以解釋的現象，周遭的同學紛紛跑去染髮，非法的髮色大肆空降在一群臨界高中末端與大學前沿、身分暫時真空的少男少女身上。這約莫是一種樹立跨越成年、紀律的紀念碑，以髮色為界址，染髮之前，染髮之後。

我算是比較晚才跟上腳步的。指考結束翌日，我頂著黑色長髮進髮廊。設計師對我說：「你頭髮太黑了。要嘛剪短，要嘛染，會比較好看。」黑，讓頭變得很沉很重，纖瘦的身體彷彿要被黑髮壓矮。像我的學生書包，幾乎要吞噬瘦弱軀體。「那樣呀，就染吧！」讓自己輕盈一些，讓那些經年累月的包袱：頹圮的課業，狂傲、魯莽的性格，近乎失格的中學生涯，全都漂淡，壓在新的顏色之下，不讓人看穿。然後，藉此重新啟動。追求淡然，追求澹然。

一下午，我和設計師討論髮色，看了諸多時尚雜誌，從認真檢索到最後眼花撩亂地翻看。雜誌裡好多歐美、日本女孩，精緻的臉與俏麗、浪漫的造型，順著指尖在眼前走過。我胡亂指幾個自認還不錯的髮型給設計師，最後決定A女的髮色加B女的挑染。

從調色、上色，到洗頭小妹沖去一頭冰涼的染髮劑，吹風機轟隆地如飛機在頭部巡邏，我看見乾了的頭髮，全新髮色，彷彿移植雜誌modle的時尚，在現實生活中生存。設計師取出鏡子，前後相應，好讓我三百六十五度觀覽新髮。照鏡，盡是咖啡，不留一根黑髮。告別。

開始了新的生活。開始練習讓生活時尚。

我丟棄原本便宜粗俗的洗髮精，換成專門染髮使用的洗髮乳和潤髮乳，並且開始留意洗髮與護髮細節。浴室增添瓶瓶罐罐，照顧頭髮的時間隨之變長。我花更多的專注力在頭髮上，在眼耳鼻舌身的整體造型上。

除了護理，我鎮日照鏡。觀詳每一根染色的頭髮，不曉得是因為顏色變淡而顯得根根分明；還是我太過注意，像放在顯微鏡下，無端放大髮絲；還是，其實都不是，是我太小心翼翼呵護鍍上的華麗，那華麗彷彿一則謊言、一副假面，遮掩內心晦暗底層。當我選擇覆蓋原初本色，便得為了新鍍的顏色竭盡心力維護。

最難防的就是不斷冒出的黑髮，那些被掩蓋的，往往趁人不注意時，鋪天蓋地襲來。只見黑髮萬丈奔騰，刺破咖啡色罩霧，揭穿華麗假面，真真切切，幾乎是那段被自我遮掩的不在場證明。

當髮絲生長，與舊髮顏色對照，頭頂一圈違和的黑，顯得衝突，因而又得入髮廊補染，或者重染。髮色一層疊加一層，有時候根本不曉得髮色褪去後，層層疊疊的顏色會混合成哪種出人預料的樣態。然而，這到底是一種不得不的循環，一種不得不的上癮。為此，每三個月我定期到髮廊報到，像鴉片患者，黑眼圈、焦慮的孱弱模樣，哭求設計師趕快處理。

染頭髮是一條不歸路。

染髮多年後，我開始發現一些不尋常的現象。

比如時節交替之際，頭皮容易發紅，頭髮變得油膩。根根髮絲撩開，大塊皮屑黏附其中，邋遢不堪。最初，我以為僅是清潔不當，換了幾瓶洗髮精，仍未見效。我戴起帽子，將頭髮塞入幽蔭空間，遮掩不必要的尷尬。摸摸鼻子前赴醫院就診。

醫院多人，往來之間，我偶見癌症病患戴起各式帽子，遮住光溜溜的頭皮。他們的眼神有些惴惴不安，特別當他們的眼波與他者交接，常主動低下頭，用手拉拉帽子，將帽簷調低，或整理帽子的位置，讓帽子更緊密貼合自己的頭型，遮掩住身分。

心緒正在發炎。

直到醫生宣告我患了皮膚炎，必須暫時終止染髮。那陣子，我看著黑髮漸長，煙霧般不斷擴散、擴散……，一如我的不安。橘黃的髮絲敵不了黑髮對峙而慢慢下降。兩種飽和卻截然對立的髮色，拼貼出詭異的造型，毫無美感的衝突，簡直是壞掉的布丁頭。沉著地黑，沉著地壓在那些營構出來的輕盈上。突梯滑稽。

「頭髮好好的，幹嘛染哪！染成黃色有比較好看嗎？」

大人皺眉，匪夷所思，怎麼會有人寧願損害健康，也要換一顆不中不西的頭。往往，大人疏漏了孩子們身上不經人世的浪漫，孩子是願意不惜代價換取一點浪漫，即便知道浪漫很短暫。而短暫在孩子眼裡可以是永恆。

「你們不懂啦！」

其實，年輕人有許多連自己也無法理解的舉動，沒來由地，想做什麼就做什麼，活在當下。實則，也不全然是勇敢，更多是因為無知，所以衝動；因為懵懂，所以模仿那些自己不曾擁有、卻渴望擁有的總總。

髮色倏忽拉開兩個世代的距離。無關乎文化，像是認知的斷層。髮色也橋牽我所擁有與我渴望擁有的兩樣東西，那多半衝突，多半並置理想與挫傷。

幽微髮絲，串織起精細的個人情思與他者觀感。無論是油膩的頭髮，抑或沒了髮絲的頭頂，亮著疾病隱喻，在他者的目光，沒有浪漫，反而有點殘酷。

那抹殘酷，在歲月的積澱裡，浮透著淺淺幽光。

母親引以為傲的黑髮，全敗給一根細軟的白髮。霎時，那抹驕傲與自信框啷碎光了。她心焦地坐在床沿，一手持圓柄鏡子，一手指揮我幫她拔白頭髮。我跪在床上，將臉湊近母親的頭頂，呼吸髮頂飄散的髮香，仔細在黑髮叢林內搜索白髮蹤跡。實則，白髮並不多，總得來回撥髮數次才找到。

最初我笨手笨腳，見到白髮十分欣喜，嚷著跳著。等到我伸手狠狠拔去，落髮的往往不是白髮，是黑髮。定睛一看，白髮仍在上頭；或者，白髮連同旁邊的黑髮一同摘下。母親並不曉得，偶爾因拔髮疼痛而搓揉頭頂，頻頻詢問我：「白髮找到沒？拔下來了嗎？」彷彿法官問訊，我緊張得胡亂回答：「再找找」、「正在找」、「看錯了」、「找到了，只是白頭髮被我不小心丟掉，不信你去地板找」，佯裝什麼事都沒發生。所幸母親沒有發怒，短短應了一聲，繼續等候我尋找、解決白髮。

只有這時候，我才能如此靠近母親。她孩子般，任我恣意翻弄髮絲，像復返幼時，母親替我綁髮那樣。有時，她會得意地誇耀我童年時的每個造型，都是她一手打理。有時，她等得無聊，輕哼閩南語小曲，那曲子多半沉著而憂挹，我不太曉得是閩南語歌曲一向如此，還是潛意識中映照母親的諸般心事？

母親的白髮越來越容易尋覓，我的技巧也相應熟稔，手指貼近髮絲根部，輕輕拈下，迅雷不及掩耳地讓白髮掉落，並控制力道，將拔除的疼痛度降低。現在，母親很少唱歌，而是聽我訴說他鄉的生活故事，邊聽邊笑。現在，她會不知不覺睡去，留我一人清醒地說話。

工作關係，我越來越少返家。近日，母親決定染髮，既簡便又能維持髮量。她去住家附近一間平價的美容院，總是選擇染黑。我問她幹嘛不選新一季當紅的髮色，要染就染得特別點，別荒廢機會。

「ㄜ，好奇怪喔。黃色還是給你們年輕人，我都歐巴桑了，染這會給人笑死啦。」她咋舌。

黑髮是她唯一的堅持，她是不在乎頭髮看起來輕不輕盈、俏不俏麗、流不流行的問題。在她審美認知裡，黑才美，黑並不沉重，並不剛硬，而是沉穩，而是魅力。黃色太輕浮了，黃毛ㄚ頭般，淘洗不盡的稚嫩。

美容院內，母親和另一群年齡相長的婦人聊天，分享養生與防老祕訣，他們吃黑芝麻、髮菜，練外丹功、爬山。回春。確實，黑髮的母親，變得年輕。不過，她也患了與我同樣的病症，當白髮冒出便開始惴慄，急忙撥電話預約美髮店染髮。墮入難斷難滅的輪迴中。

我們都無可否認，髮色，標註身分與年紀；對於染髮的追尋，正隱藏著我們對於外在，對於別人觀感的太過在乎。

那段皮膚炎發作的時日，我必須常赴醫院。偶然在捷運上聽見三兩個尼師正討論如何減緩頭髮生長，以及哪個品牌的理髮用具比較好。原來，他們也是有形而下的杞憂呀。與染髮一樣，膠著於如何消除冒出的根根執念。

來到診間，門診外的椅子已被老人和女傭坐滿。我站在一旁，看那些坐在輪椅上的老人，不一樣的面孔，卻有著清一色的裝扮，那被傭人以發熱衣、毛衣、鋪棉背心、大外套一層一層裹住的身體，以及厚厚的針織帽，帽簷壓低，露出半張臉。那臉蛋，被蓬鬆厚實的衣服襯得瘦小，一個一個漂浮在厚衣上。

我望著一顆顆頭，不曉得帽子底下的頭髮，是否悉數灰白？稀疏了？或者停止生長了？老奶奶落下的髮絲，鬈曲在衣袖上，銀白地亮著。無人知曉，恰巧被我看到。

我想起祖母在祖父過世後，白髮挾著悲傷驟然橫生，那變白速度快得令人難以想像，也快得令人難以招架。「就讓它白吧。」祖母嘆口氣道。我知道這話不是投降，而是看透。人事代謝，再沒有什麼能夠真正逆其道而行了。接受，順勢。時間有時間的顏色，苦難有苦難的美。

跨過髮色的分水嶺，他們不需要染髮了。人工的染料，僅蓋去一時的罣礙。老病死才是真正的染髮劑，自然無為，把雜染的心境漂成奶白，漂成涅槃。

染髮多年之後，我再度走進髮廊，選擇剪斷披肩的黃髮。

「確定不染喔。我覺得你染髮比較好看耶。你的髮色太深了。」設計師用手撥了撥我的頭髮。

就不了吧，我剛離開染髮的迴圈，嘗盡難以根除的自溺、毛躁與不安。

我剛學會正視自己，無論冒出的髮色多麼黑、多麼沉。我正在練習讓黑也能變得輕巧、韻味。

至於汲汲追逐的輕盈、好看、華麗，我知道全是模糊難捉的。最終是要付出代價的。

耳洞

車站前，毗鄰著一條馬路，有許多賣銀飾的攤販和店家。在人潮中，暖黃照明將櫥櫃裡的飾品映得發亮。我不只一次，被光亮的耳環吸引而停步，佇足櫃前，物色喜愛的花樣。

舉凡這些銀飾店，幾乎都提供穿耳洞服務。很多時候，老闆一邊幫人穿洞，一邊招呼穿梭店內的客人。我看著女孩微微焦慮的神情，挑選好一對耳環後，便坐在椅上，被老闆搓揉的雙耳，開始轉紅發熱，等待耳槍將耳環打入，好像進行某種儀式。在鬧哄哄的店裡，有初次穿洞者的緊張，也有挑選飾品的喜悅。

不大的店面，長得像「凹」字的空間，看似破舊，卻隱喻著煥然的意義。在客人穿洞與買耳環當中，每一個耳洞，都具象徵性。

●

小時候，我十分愛哭鬧，尤其夜半，幾乎作息顛倒。祖母聽信女孩穿耳洞比較好帶的說法，便抱我去傳統銀樓打耳洞。我已經忘記當時發生的具體情形，祖母轉播當年窘況，說我哭得聲嘶力竭，大約是忍不了疼痛，邊哭邊嚷著要找阿公，然後是一陣我跑你追的混亂畫面，直到彼此都累了，祖母狠狠抓我，接著，最末一幕就是她摟著我照鏡子，看一對純金耳環綴在小小的耳垂上。我不清楚是否真可能在穿耳洞後，牛脾氣就此改善，但卻從此戴上耳環，不容褪去的耳針窖藏在洞穴裡，避免洞孔癒合，甚且必須時時轉動耳環，讓耳洞變成一個滑順的圓。

那時起，開始有長輩闊手買純金或純銀的耳環給我，從自己的生肖到流行的圖案，搭配衣服，輪流在耳朵上裝飾不同心情。也因為耳環甚多，母親為我買了一個首飾盒，收編散亂的耳環，一對一對，而每一對耳環都是人情的載體，固定於柔白的軟綿上，被欣賞、被記憶。

母親會時常在旁耳提面命，指著銀色兔子耳環告訴我：「這是ＸＸ阿姨送你的幼稚園畢業禮物」；指向另一對玫瑰耳環：「這是舅媽去日本旅遊時特地幫你挑的」；又指指旁邊的HELLO KITTY耳環：「戴這個去看爺爺吧，他喜歡妳這樣打扮……」

對於耳環來歷，我不太曉得，但對於贈送者與耳環的關係，或者接手耳環之後的事，則記得很清楚。我戴著阿姨送的藍色心型耳環，上臺領人生中第一個獎，與市長握手時，他看到我的耳環，說「真漂亮呀！」這是我第一次離大人物那樣近，第一次聽見陌生人稱讚耳環。

然而，同一年阿姨移民美國，我來不及跟她說耳環很美，她也不曾再送過我耳環，從此之後，我再也沒跟她提及耳環的事。我也曾戴著HELLO KITTY耳環去見臥在病榻的阿公，我喚醒他，調皮地說：「阿公，看我耳環。」他瞇著眼，笑一笑，沉沉睡去。這是他最後一眼見我和這副耳環。

不大不小的耳洞，恰恰好包住每一根耳針，彷彿算計好的，耳環在我的皮肉裡，我的成長流歲裡，鑄成一對圓形穿孔。當那些送我耳環的人一一遠走，我的身體還為他們保留一絲存在的痕跡。

無論媽怎麼介紹耳環，結語總是一句：「要記得感恩啊！」或許耳洞並不是全然克制我的躁動，而是在人情的積累下，透過點滴恩情的環扣，畫入我的耳洞，旋轉耳環，試圖扭轉我的執拗。

●

祖母的一雙耳朵各穿了洞，幼時我喜歡幫她挑耳環，偶爾爬到高椅上，翻開抽屜，欣賞祖母的首飾盒。那是一個黑色盒子，據悉是她的嫁妝，看上去頗為笨重。多數的時間，這黑盒總舊舊地、靜靜地躺在柚木梳妝臺裡。

盒內的耳環大多是珍珠、翠玉、寶石或金飾，有些已經二、三十年了，不曉得祖母如何收藏，每個耳環都依然熠耀光澤。然而，祖母並不常配戴它們，只是偶爾拉開抽屜觀賞，問我喜歡哪個。有次，我指著某對小小的金飾，詢問來歷，祖母突然嚴肅起來，告訴我這是她離家時，生母送的禮物，是第一次，也是最後一次。然後把盒子蓋上，鎖回抽屜。

可是黃金對一個孩子來說太過俗氣，我甚愛祖母戴珍珠款式的耳環，柔白細緻的珠子，祥和高雅。我更愛看祖母坐在梳妝臺前，微側身，讓臉龐靠近肩膀，雙手在耳朵綴上飾品，那姿勢如柳，具女人的媚，又有尊者的雅。

聽說，以前女孩穿耳洞都是由母親執行，母親用小米粒在耳垂上不斷輾動，直到鑿穿一個孔洞，再用絲線或耳環穿過，即完成儀式。並且，母親會在穿洞過程，向女孩滔滔敘說女子之道，約束其言行舉止，就像那對鎖住洞內洞外的耳環與耳扣，彷彿鎮住了什麼。

祖母很小就穿耳洞了，我沒有問她耳洞是不是曾祖母為她穿的（可能她也沒那麼老），我只知道祖母在訓斥我的時候，常常把我帶進廁所，在那個不大的洞穴裡，聽著抽風機轟轟地響，聽著祖母滔滔絮絮做人道理。那段陳舊的道理，我常左耳進右耳出，但卻莫名記得她總會穿鑿她的母親以及她的青春。可能對她來說，恰是引發記憶的媒介。我糢糢糊糊知道一點祖母的故事，知道穿洞後的她是個乖巧的童養媳，儘管面對兩個不同性格的母親，卻是一貫地聽話、順服。

離開廁所前，祖母摸摸我的頭，我能感受溫溫的掌心印住我的天靈，對我說：「打了耳洞，你就不一樣了。」也許耳洞不只是習俗而已，反倒像某種儀式，完成之後，成為生命史的一個時間刻痕，在此之前，在此之後，截然不同。因而這句話讓我覺得沉重起來。

耳洞的穿鑿，一代傳給一代，觸及母與女，一種記憶與期待的遞嬗。

●

家中姊妹只有我被祖母帶去穿耳洞。

妹妹出生後，母親決定辭去工作，親自照料。然而，母親十分反對穿耳洞一事，她更相信另一種說法：穿耳洞會破相，下輩子投胎會變女生，因此妹妹沒有穿洞儀式。她的雙耳圓肥，如一枚完好玉珠。

可惜妹妹不喜歡純樸圓潤的耳朵，竟渴望有一雙耳洞。對她而言，耳洞不是記憶的傳衍，而是愛美的表現。

於是，妹妹高中時便和友朋吆喝一齊偷穿耳洞，為擔心惹父母挨罵，遮遮掩掩地回家。總在洗澡前後，要我為她消毒、擦藥，並且興奮地向我敘說穿耳洞的經過。

好一陣子，我們躲在房間內祕密進行護理工作。我習慣坐在床沿，讓她側躺在我腿上，靠著那昏暗的日光燈，仔細擦拭傷口。偶爾她會喊疼，皺著一張臉，如囧字，嚷著要我動作輕些；更多時候，她眉飛色舞地告訴我在哪兒看到美麗的耳環，要我和她一同穿戴，順便分享學校、人際的滴滴點點；或者得意地訴說自己如何逃過教官法眼，隱藏耳環，不被處分。

我赫然想起中學時代，學校規定不能穿戴耳環，只允許耳棒取代，儼然把任何華麗的可能都埋入秩序、單一的紀律中，把身體交給學校。幾次，我忘記將耳環換成耳棒，藍的、粉的圖樣被白色制服襯得張狂，在校門口旋即被訓導主任抓到，狠狠訓斥一番，差點被記警告。我噙著淚水獨自走到廁所，歪頭卸下耳環，在鏡子裡看那雙沒有耳環的洞口，在耳垂上頭，孤零零地，彷彿離開水面後那一開一闔的魚嘴，等候著什麼，訴說著什麼。

我忍著眼淚與怒氣，回到家，對著祖母大聲咆哮：「都是你，都是你，帶我去穿什麼耳洞！」祖母被我的舉措嚇傻，提著包包說要去學校跟老師吵架。看來，耳洞都沒有讓我們變成更圓滑的人，在某些事情上。可是，我仍得褪下耳環，改成耳棒。那是一根銀灰色的細針，無有綴飾，樸實簡單。我輕輕將耳棒穿入，畫過皮肉，微痛。

在校園裡，耳洞與不良少女存在某種隱形關係，或者說，不良少女的集體烙痕。我害怕耳洞在學校引來不必要的關注，遂將它藏匿在髮叢裡，掩飾得好好的。就這樣，那雙耳洞，從祖母眼中的乖巧象徵，一下子翻轉為負面評價。我得小心翼翼掩飾我的耳洞，允那黯淡的耳棒，封住不必要的美麗。然後什麼都不說。

哈！我沒有耳洞啦，你看錯了。

我卻看見女孩在規範外圍，尋尋覓覓一個洞穴——施耍叛逆，遊走禁地。而離開中學後，我與其他穿洞的女孩們一樣，把耳棒悉數扔棄，重新戴起華麗的飾品，取代闇啞的過去。

我想，長輩們帶我穿洞時，絕沒想過有一天耳洞在求學、成長階段，反成為被抑制、被邊緣化的印記。乖順，變成百口莫辯的叛逆。

好幾次，我經過車站前的飾品店，看年輕小女生在裡頭穿洞的景況，揣想她們的欣喜與不安。也常陪妹妹去夜市、小店挑選耳環。我見那花樣款式年輕、價格又出奇便宜，怦然心動，跟著瘋狂橫掃一番。從金飾銀飾、鋼製到每對三十元的矽膠耳環，耳洞緩慢適應著耳環材質轉變，更多時候是直接排斥，直到一日突然感到耳朵微熱，才知道耳環導致耳朵過敏，幾日腫脹，痛苦難耐。

原來耳洞喜歡純金、純銀的材質，就像祖母的喜好。祖母不只一次極力批評那夜市耳環，直嚷：「現在年輕人怎麼都這樣！」有時更故意扔掉我們甫放在桌上的廉價耳環。我不明白是耳環隱藏的身分地位，還是材質對身體的好壞，抑或只是審美趣味的不同，祖母反應甚為劇烈，像那敏感的耳洞。

自那時起，我在飾品店選購耳環時，必定詢問老闆材質。那不純粹只是害怕過敏，而帶有某種依賴，在每一個飾品上尋找材質上的歸屬感，鋼製、銀製或金製，標誌某段記憶或事件。於是，我的首飾盒內，不斷增添新的花樣，每個花樣都足以構成獨立的情境和故事，像祖母，指著每一個耳環，告訴我她的往昔，彷彿聽一則傳奇。

耳朵上那細小的洞口，儼然為回憶的起點。穿入，吐出故事。

然，穿耳洞數十年，我從來都沒有搞懂，耳洞究竟摧毀哪時的好運，也不清楚自己是不是真正變成一個乖巧的女孩子，而我只是在耳垂二分之一的位置，留了一個洞，一個穿引世代與故事的入口。

異味

百貨公司又開始周年慶了。剛步出中山捷運站，整條街被擠得水洩不通。

您好，試用看看本季新出的香水吧。

Jeanne Lanvin推出新版玫瑰香氛，一上市就大受好評呢。

嗳，Cristalle結合大地與天際的氣息，茉莉花瓣，柑橘果實的香水，這味道很適合您耶！

LA TETE DANS LES ETOILES是今年限量版香水，這款是眾多明星和名媛爭相搶購的，我們已經賣到剩最後幾瓶了，你再不買就真的沒貨了。

鼻子嗅過一種又一種香氣，最後有些麻痺了，眼一閉，清新的、甜美的、性感的、高雅的攀附鼻息，搔首弄姿要顧客拿上一瓶。

怎料現在的香水越來越精緻，瓶身也要求設計師細琢綴飾，精工的結果，專櫃小姐得更加詳細解說品牌、特色。使得每回採購，總撩亂得令人難以選擇，流連一櫃又一櫃，左手握著淡雅香，又捨不得對面那櫃柑橘甜，選來選去，只好風流地取兩三瓶，配合各種場合嘛，否則總是同一種味道有多單調呀。

也許如此，女人們的鼻子變得敏銳，特別在愛人身上或是周年慶上，爭先恐後尋找合宜的味道。

約莫這氣味，萃取多少精華，一種傳達生命的暗語。

小時候特別喜歡到婆婆的梳妝臺，偷玩她的化妝用品。小小的鼻子循著香味翻找到婆婆的明星花露水，瓶上印著年輕女孩跳舞的模樣；每次，我會偷打開瓶蓋，學婆婆，抹一些在身上。

深呼吸。

空氣中懸浮著玫瑰、茉莉、青春、高雅、美麗的氣息，拼貼出婆婆的形象，黑底紅花緞面旗袍、祖母綠手鐲、珍珠項鍊、深深的酒窩、淺淺的魚尾紋。

不過，這氣味著實包藏住一張婆婆的生命輿圖，從上海到臺北，從青春到年老。我素來喜歡坐在床上看婆婆梳妝，她會在化妝完後，打開香水瓶蓋，倒出一些上海故事，被濃縮的往事附在指尖，只見一雙手如蝶，在耳後與手腕蹁躚。過去她會在洗完澡時和著乳液抹，出門前擦，打麻將時揩些醒腦，當時香水對她而言是自信。來到臺灣後，婆婆發現這裡女人少了氣味，也因此婆婆身上的香氣被臺灣婦人視為異味。然而她仍託人四處尋找販售花露水的店鋪，最後在迪化街尋到，並定期去採買，她愛迪化街，不純粹香水絲路，還有老式建築，讓時空產生跳接，像款款走入上海風華。此外，她仍在洗完澡後擦上香水，出門時塗些，那味道彷彿是為了區隔身分和身世的，更重要的還富有安全感，許是大時代變遷下，在異地求索唯一的依憑，可能香水對她來說已是某種時間上的延續了。

聞聞看。

近來婆婆鼻子似乎被時間磨鈍，分辨不出香與臭的界線。她開始加強花露水的分量，往往是濃郁得有些嗆鼻；或是端著一盤隔夜菜要我聞味道，問能不能食用。那時，我得試圖從空氣中捕攫線索，離析出憂傷的、開心的、腐敗的、不安的、精細的各種相異味道，學會無誤地判斷與提點香水過量、菜味酸臭與否。我已看穿當她問我味道時，內心的惶惶不安。

驚慌，記憶日漸風化。

家裡的氣味開始轉變。

近來，媽和我開始頻繁地往返迪化街，不為了婆婆的花露水，而是採買中藥，我們嗅著藥材氣味，在南街，一步一步刻印草藥地圖，取代婆婆口中香水路線。哪有什麼香水呀，香水古街已經被時代巨輪軋碎，婆婆不會明白，我所認知的香水，隔著幾條街，在南京西路上。

自從婆婆生病之後，便開始蟄居於自己房間，吃喝拉撒全在裡頭，那是與外界斷裂，獨自構築起專屬於自己的世界。幾次我跨入，晦暗的空間中，迎面而來中藥氣息和著腐臭的屎味，特別在炎熱的午後，還有苦澀的汗味混合刺鼻的薄荷涼膏，空氣瀰漫複雜的因子，形成莫名的異味，吸一口，令人作嘔。

好臭。

烏黑的糞便從婆婆裙內滑落，落一地的，像顆顆醃漬過的橄欖，卻無端分泌特殊難耐的氣息，那是將原有的味道、模樣一一解構之後，混合著已被消化的食物，在空氣裡張牙舞爪向四方襲去。我直覺地摀住鼻子，和婆婆相覷，那時光總是寧靜的令人不知所措，每一秒都無限增加它本有的長度。我大聲呼喊媽。隨後，媽匆匆奔來，我立刻退離房間，站在門外看媽忙不迭地為婆婆換上新的衣褲，掃去糞便，清理地板，並在婆婆排泄完，仔細檢查糞便形狀與氣味，用衛生筷夾起糞便，靠近聞了又聞，看了又看，推演腸胃情況。

一回周末，媽應邀出門，留我獨自與婆婆在家。當時我正餵婆婆吃粥，一匙一匙順著外圍挖去沒有香氣的日子，直至空無一物。忽然，一股臭味竄入我的鼻息，我立刻掩住鼻子，然而味道是多麼霸氣，蠻橫地要你感受它的存在，我憋氣忍耐臭氣攻克，整理髒亂的現場，學媽為婆婆換上衣褲，靠近她時，那花露水的氣味已經不在。她忘記迪化街上那間賣花露水的店，記憶被中藥澈底淹沒了。而那雙如蝶的手由上海飛入臺北，如今斂翅像釘在木板上的標本，被我緩緩擦拭、摩娑。

隨後，我用衛生筷夾起幾顆糞便，觀詳形狀，聞著屎味，一股歷史的氣味，自狂傲轉衰頹。我幾乎嗅到飄洋的花露水輾轉位移，過去被視為異味的氣息開始入境隨俗，甚至被收編為中藥的一份子。

我將剩餘的屎扔入馬桶，沖掉。

回頭才發現自己的袖口不小心沾染上糞漬，異味在我身上蔓延。我脫下髒衣，換一件乾淨的洋裝，化妝打扮，在梳妝臺前挑選香水搭配，準備和媽交棒，與朋友赴約。

當我披著香水緩緩走入周末，才發現臺北街頭竟像一座嗅覺迷宮，充斥著甜橙的、綠茶的、麝香的、酸臭的、苦澀的……各種味道，而在此刻，歷史失去了意義，只剩下氣味。

乳事

至今，我仍忘不掉那身體，曲線彷彿島嶼上的山川丘壑，只是泛黃、乾枯，鬆垂的皮脂、每一吋肌膚，赤裸地暴露在燈照下，被他者凝視。疤痕、黑斑與傷口，把軀殼斧鑿得老朽。故事便藏在隆起的脂肪內，由人翻查、省視。

●

入秋時節，我參加學校志工團隊。擔任志工的過程，挑戰不時四面八方襲來。從餵食、梳頭髮開始。

每到洗澡時間，我與其他志工一齊來到病房準備為老太太洗澡。由大家為她褪去衣物，沐浴刷牙。一直以來，我從未與人如此親近，當一個陌生人的身體坦陳在面前，任人撫觸，剛開始總覺得尷尬，甚至慌亂，志工阿姨耳提面命如何清潔的細節，我一下全忘記，只是盯著老太太的軀體，直到旁人提醒，才回神，逐步洗刷。

老太太那哺育過幾乎要一打子女的乳房，乾癟下垂。我用沾濕的布為她輕輕擦拭。手從乳房輕拂過，那像頷首的花苞微微震盪，我望了老太太一眼，她繼續看前方，和其他較熟悉的志工阿姨們說話。她已經習慣這些程序，當自己發現乳癌後，必須練習與適應在男醫生的眼前解開上衣，露出乳房，被冰冷的醫療儀器反覆勘探，直搗癌細胞散布核心。那一刻起，她的身體似乎不純粹屬於自己，還有醫學。

但在那個被醫學術語包圍的環境，我卻不是因為英文感到苦惱，而是得努力挖拾殘缺的閩南語字彙，拼湊出一個像樣的句子，比如「會太燒麼？」「會疼麼？」……到最後我邊講邊比手畫腳與老太太溝通。更多時候，彼此更需要大加揣測這些零碎的話語和動作代表的意義。然後，我摸索各個相處環節，以及老太太的習慣，有如醫療儀器去偵查乳房內部癌細胞情況。

●

從醫院返家途中，我不時憶起中學時期的健康教育課，老師教班上女同學怎麼檢查自己的乳房，並借助人體模型來示範。見老師的指腹貼住模型，從鎖骨到腋窩中線再到胸部下方，然後沿著乳房外部繞一圈。那時，全班羞紅臉，「啊」一聲連連，隨後哄堂大笑，恍若看戲般地過去。

曾經，我是如此害怕正視自己。

青春期，當我察覺平坦的胸脯開始產生變化，因那微微鼓脹的乳房，而成日聳起肩膀，穿著外套，生怕被人發現自己的身體正在轉變。母親眼尖，發現我走路姿勢異常、行徑古怪，恐怕是明白我的「難言之隱」。某日放學，回到房間，我發現床上放了幾件棉布製成周邊環住鋼圈的小背心，晚餐也添加了滷豬腳或青木瓜排骨湯一類豐胸的菜餚。

彷彿是種禁忌，母親從未告訴過我身體的奧祕，任我兀自尋索無可避免的身體變異，甚至是那些伴隨成長而來的驚奇與詫異。

然後，同儕相互打量對方身體。乳房因而不單作為一種性徵，也作為一種審美標準。

姊妹淘之間的聊天內容開始多了胸部話題，取笑誰誰的胸部過大，幾乎要撐爆制服鈕扣，或是討論某個廠牌的內衣好看耐穿等等，甚至有些調皮的男同學還會故意彈女同學的內衣肩帶。在半成熟的畛域裡，乳房有時候轉化為被揶揄的對象。

而今媒體雜誌誇大報導某女星露點搏版面，穿低胸禮服時恍兮惚兮露出一條深V溝線，檳榔攤外大肆張貼AV女優圖片，清涼惹火的薄紗，若隱若現豐滿酥胸，或者豐胸廣告將胸部較小的女性塑造成難堪、醜陋的刻板印象，在在突顯女性乳房特徵。見於此，有人為了追求和女明星一樣的事業線，而問診整形外科，要求在體內塞入矽膠，達到爆乳效果。

乳房，情欲與挑逗的修辭。

往往，我害怕選購內衣時，讓服務小姐碰觸到我的身體，更拒絕她們熱心為我調整內衣。約莫是那無可救藥的守舊心態，也或者是某種捍衛自身的舉動，誓死戍守最後的堡壘，逆其道去阻擋那些太過摩登的內衣，以及那些太靠近我的動作。然而我卻刻意模仿洋化的作風，偶爾穿領口較低的衣服，或者說一些輔導級以上的話，偽裝自己開明。一切竟是矛盾地在傳統與前衛、舊與新的邊境徘徊。

●

初期工作，一下子和生老病死靠得太近，忽然之間難以調適。白日幕幕驚魂，夜半則把現實扭曲變形進入夢境，因而時常被諸般光怪陸離的噩夢驚醒，甚至有些失眠。甚至有幾次，我還夢見自己的乳房要面臨被割除的危機，醒後立刻觸碰身體，所幸只是夢。一段時間後，身心才緩慢習慣某些殘酷或驚悚的生命片段。

聽說睡前喝牛奶可以助眠，於是我替自己沖泡一大杯熱牛奶，喝完才熄燈上床。可能，這杯牛奶的溫度正巧滿足我對母親的想像，是否為一種離開嬰兒時代後，對於乳房的依戀？或者只是某種安全感的飽足？

失眠的隔天，我同往常一樣來到病房，為老太太梳洗。不知道從什麼時候開始，老太太不是只因循制式化的醫療程序讓我褪去她的衣物，觸碰她的身體，慢慢地，她開始允許我撫摸她皮膚底層深邃的、豐富的故事，縱然是我難以理解的日據時代，老太太的閩南語參雜幾句日文，復現當年風景，熱情且主動地和我分享她的治療情況、家庭瑣事。

某日，她張著一抹黯淡神情告訴我，明天醫生就要手術摘掉她左邊的乳房，而她的身體也將如同震災後的地景，山崩地裂。恐怕是癌細胞擴散，而不得不如此。

老太太看著自己的乳房，懷想過去哺育過的子女，曾經因奶水不足而被小孩咬到破皮、滲血，想不到這些兒女皆已拉拔長大，或出國、或嫁人。老太太的年歲增長，她似乎也看淡這一切。只是，奶水退去後，乳房充盈的是滿滿的記憶和苦難，關於孩子，也關於疾病。

然而，我卻無法想像，那被我擦拭的乳房，皺褶的、並不豐滿的女性徵象，即將化為平坦，如同回到青春期之前、一切都沒發生。那段流金歲月被癌細胞嚙食殆盡，甚至即將在胸上留下一道疤，如一枚紀念戳章。

這對老太太來說，究竟是創傷印記，還是預示解脫的徵象？

●

某日，我來到育嬰室找H。那是餵母乳的時間吧。我從未掩閉的門縫，看見小嬰兒被他的母親摟抱著，貼近母體，兩隻小手貼住鼓脹的乳房，嘴巴湊近，開始大口吸吮。母親則對著寶寶哼唱著兒歌，柔柔的曲調，溶進充滿奶香味的時空裡。

母親與孩子，在哺乳的時刻相互依偎，就像洗澡間裡老太太與我，允許我觸摸身體，她不在乎我是不是她的孩子，也或許她以為我就是她的孩子。究竟要把自己全心交給另一個人，是什麼讓彼此信任又依賴？

赫然，我瞥見那母親身上微開的鵝黃色上衣，右邊胸口隱約露出一節深色疤痕，像通往神祕宇宙的裂口，被藏在外衣底下。她見我盯著自己和寶寶，立刻低頭調整衣物，遮住右胸與疤痕。

據悉，那個母親罹患乳癌。

她曾經多次訪名醫，嚥藥湯，尋偏方，仍不敵肆虐無道的癌細胞，最後應醫生建議切除乳房。偏偏做完手術後不久發現懷孕，那母親懷著寶寶，向醫生商討哺乳。那微微乾癟的乳房，保住一個母親與孩子親密接觸的機會。

相隔數時，那母親因為癌細胞分裂生長，蔓延至左側，急需將乳房摘除。我聽說她不斷和醫生商量，能否暫時不割除乳房，醫生為了顧全病患身體，而堅持手術以進行化療。癌細胞太過冷酷，大規模侵擾器官組織，也剝奪了一個母親哺育的權利。

也許她和老太太一樣，那赤裸地展呈平坦的身體，奶水乾涸，荒漠原野。她們的心事圍繞在那道縫線上，記錄母者的乳房成為傳說，華麗又蒼涼，一時間有些悵然，有些焦慮。

或許女人那對乳房，與青春、哺餵、病變產生某種符號鏈結，在漸厚的病歷簿上，撰寫成長史、變化史。

然後，被編碼成為醫學案例的一部分。

●

大概是擔任志工之後，我開始在沐浴結束，對鏡觀察自己的身體。然而，腦海卻幽幽浮現醫院裡那些殘缺的女體、那些眼淚、那些故事，現在全被我用肥皂泡抹去，清水沖洗乾淨。

擦乾身體，我將手指貼在胸脯上，學著尋找疾病的基地，像雷達，以同心圓一圈又一圈的畫著，旋轉，再旋轉……。於成熟與半成熟的邊際，檢索曖昧難語的成長敘述，在氤氳的鏡子裡。

腹語

痛，彷彿激進的浪花一波一波襲來，啪的一聲碎裂在礁岩上。痛，由小腹為軸心延展開來，順著神經一路擴散至腰部，整個下半身旋轉在疼不堪言的漩渦中。我蜷縮在床上，不停冒冷汗，痛。

「媽，痛。」一抹孱弱的呼救。

媽從廚房端來一杯熱可可，還冒著白煙。扶我起身後，把杯子遞給我，並為我在腹部蓋上一條熱毛巾。我呼嚕一口氣喝完可可，痛覺慢慢萎縮。

總是這樣，每個月都要痛一回，無論我吃再多的月見草油、當歸等補品都無效，每月仍備以毒辣的姿態，蹂躪神經。痛，刻骨銘心。

深呼吸，別緊張。

我躺在診療臺，醫生手握超音波探頭在肚臍和陰部之間滑動，洋梨狀的子宮在螢幕上現形，幽閉的空間，純粹、莊嚴、神祕，孕著多少女人的祕語，人類的故事便是源於這裡的吧。不過，螢幕上的晦暗地帶空無一物。我著實端詳不出箇中隱喻，卵巢、子宮壁暗藏浮碼。然而，本該是神聖的儀式，卻令人煎熬。醫生手上的超音波探頭還在移動，此刻時間凝鍊成無聲的焦慮，等醫生宣判自己沒有長肌瘤一類的病症，煞是鬆了一口氣。

醫生低頭敲打鍵盤，一串我始終看不懂的英文，分泌著我腹痛的屐痕。那腹中祕語，像護士塗抹在我肚皮上的那層液體，難以用衛生紙擦去的黏稠情緒。

媽在旁邊不停詢問醫生關於我的經痛，好像她才是病患。領藥時，她一把取走我手上的藥袋，仔細閱讀藥名，探尋帖中的祕密。我從不知道她是否讀懂了什麼，而只是將各式藥單留下，一張一張築起一彎藥草的軌跡，與我的青春並軌同行。

媽有一本簿子，專門蒐集報章雜誌或書籍裡關於燉補一類的食譜、診治經痛的偏方、藥師處方箋，以及著名中、西婦科醫師資料，最後幾頁專門記錄我的經期，彷彿這是我的病歷簿。

所有的疼痛與難受，隨著一次又一次的來潮，慢慢累積它的厚度，也順便勘驗這些資訊的效能，或只是訛誤。有的資料被媽用紅筆打個大叉，一副披枷帶鎖的模樣，無期地關在簿子裡；有的被畫上星星、勾勾，各自代表它們的考績。那本子還是判官手上的生死簿，留名或除名，無情的。

媽主宰家中所有事務，特別是廚房，掌權全家人的胃。每回黃昏，媽在廚房切菜剁肉，烹魚煮湯。她熟練的操起一把菜刀，去雞頭、刮魚鱗，刀子敲在砧板上的聲響，冷漠的、恭敬的、心疼的，五味紛陳的情愫都在一聲又一聲的刀騞聲中。她會為豬雞鴨魚開刀，像手術臺上的醫生，替病患開膛剖肚，這是腸、那是心……，隨後將雞的器官一一卸下、掏空，在腹中塞進中藥食材，放進鍋內煨著；或是把整尾石斑魚與薑片放入蒸籠，中火烹飪；或是將白木耳剪成小片狀，與蓮子、紅棗、冰糖置入鍋中，慢慢熬煮。她幾乎不按食譜上的調味方式，一茶匙的蠔油、二分之一匙的鹽巴、三杯酒……，隨興恣意的加料，那料理卻是無人批評，無人嫌惡。我實在不諳調理食材，儘管按著食譜烹煮，味道仍變調。許多時候，我端詳媽煮飯的姿態，有些驕傲，而我們只能俯首稱臣，饕餮桌上的食物，迅速掃入胃中。

媽除卻待在廚房的時間是無語的狀態，其餘時刻她絮叨今日上班情況、看完某篇文章和報導的心得、問我們作業完成否、家事有沒有做……。不過等到小孩陸續長大，各自擁有生活圈後，我們鮮少待在家，自然也更少傾聽關於她的世界，只留下她獨自增添簿子的厚度，以及每個月問我經期和腹痛狀況，可是我們已不明白這樣的生活對她而言，是否快樂、悲傷、享受、疲憊？

她留心婦科相關資訊，剪下或影印，放在桌上要我閱讀；告訴我誰誰誰說哪間婦科診所比較好，下次可以去試試；還是指著營養食譜，要我挑選幾個比較想吃的菜色；甚至霸道的要我喝下某些苦不堪言的中藥，或是味道難耐的四物雞精。我仔細回想與她相處或聊天，不外乎身體、腹痛、補品三類主題，是我們的開場白，也是結語。

媽向來健康，經期準確無誤，也從未聽過她喊痛。她或許不曾體會那痛的滋味，就像她從不明白一個叛逆女兒的心思。有人說，看一個女人的脾氣，只要觀察她的月經順不順就知道了，這當然是個笑話，不過好像也有一點根據。姑且論這句話合理，媽的個性當真是乖巧聽話，人生也被規畫得好好的，在哪個時間點畢業、工作、結婚、生子，一路順遂，彷彿是不曾失誤的經期。怎料女兒的個性恰巧與之相反，像那從未乖順的經痛，叛逆、火爆。

這樣的性格尤其在廚房最容易顯現。幾回我心血來潮要下廚，媽跟在一旁，就像腹痛時她陪我看診，涉入醫生與我的對話，不時干擾我的烹飪方式，於耳畔叨擾：不行啦，麵有特定的煮法，不然麵條很容易爛掉；噯，水滾了要先放玉米，玉米最難熟了；油熱了，趕快爆香；快快快，魚快翻面，要焦掉啦……。她一緊張，順手奪走我手上的鍋鏟，指揮我去旁邊找鹽巴、切菜。我總是怒，用力放下握在手中的菜刀，「到底是你煮還是我煮啊！」還是氣，離開廚房。留下錯愕的她。

縱然有煙硝味十足的對峙場面，每個月我還是腹痛，冷汗涔濕整個背部，頭髮貼緊皮膚，縮在床上哀喊媽，也只有媽懂得如何舒緩我的腹痛。我才明白，病人忠於某位醫師，未必是迷信名醫，更多時候是那無可救藥的依賴，慢慢形成一種癮。

特別在我離家以後，獨在異鄉，總越接近經期就越焦慮。月經報到時，我發現痛的方式與程度變本加厲，由腹部往上，攀著腰椎，讓我幾乎無法起身，一個人在寢室哀哀叫。室友下課返回，見我面色蒼白如紙，嚇壞了，趕緊跑去飲料店為我點一杯生理期特調（黑糖加熱可可），怎知我喝完後依然如故，痛到想哭。撥了一通長長的電話給媽，向她投訴腹內的怪獸又復活了，正在啃嚙我的神經。其實，早已忘記她在話筒那頭要我如何處置，只記得我最後是痛到睡著的。

學校課業逐漸繁重，只得減少回家次數。我開始在腹痛時吃上一片止痛藥，媽大力反對這種方法，兩人還在電話裡大吵，火辣犀利的言詞，塞入耳蝸，通過血液流遍全身，微微的痛感；吵了近一個小時，我甩上電話，不僅耳朵紅、痛，血壓升高，管壁大力收縮，心臟隱約作痛，卻是比腹痛更難耐，像被人摑了一掌那樣難堪。我感覺以往的依賴被止痛藥稀釋，甚至分解。

我不知道媽是否了解我的想法，或許一如我也未嘗明白她的心思。她仍以為我還是孩童，不會處理自己的事，而企圖透過各種管道介入我的生活以了解我、掌控我，如超音波探測器一般挖探我的生活。不過，我卻屢見自己的信件被她偷拆、抽屜的東西被她搜查，而勃然大怒。逐漸的，兩人之間畫開一道鴻溝，因而變得陌生。

她探測不到我的心事，也不願對我多說她自己的事。那洋梨狀的空間窖藏太多祕辛，觀看形狀，腹地雖大，但那狹仄的出口，便可知東西進得去，卻難以出來。是累積太多沉甸甸的心事吧，使媽的小腹凸起，特別是中年以後，她開始選擇寬鬆的衣服藏住腹內的隱衷。

我是到媽手術前一天才知道她有子宮肌瘤，需拿掉子宮。然而，實在太突然，我無法第一時間在她身邊。等我奔至醫院時，她已完成手術，躺在病床上，閉目修養，臉色枯槁。

「痛。」一抹孱弱的呼救。

無法用一杯熱可可或是一條熱毛巾解決的，痛，我難以明白的，就像我不懂媽為何不跟我說她的事。爸為她按了止痛劑的按鈕，藥循著滴管入她的身體。她又睡去。

爸告訴我，那子宮大得像個碗公，邊說手邊比畫著。我臆想那模樣，我出生前十個月的故事就放在那，曾經孕育我的鄉土，如此要容納一個兩三千克的寶寶當然大。只是女人珍貴的祕密，被掏出，腐朽的、惡臭的、難以名狀的，血淋淋地攤在眼前，難以招架的恐慌與恐懼，通通麻醉、去除。月經不再，孕育終止，取消了女人的天賦，延長了存活的機率。生命，總是難以抉擇的。

我問，沒有子宮以後，那空了的地方該用什麼來填滿？

媽在病床上，烹飪一事自然落到爸和我身上。但爸煮的魚湯太腥，於是換我掌廚。我拿刀看著鱸魚發愣，特別我力道甚弱，想一刀斬去魚頭，卻剁不掉，來回砍了四五刀，那魚眼瞪得大大的，我甚是害怕。好不容易切好，竟慌得不知道怎麼料理，先放薑片，還是魚？鹽巴要放多少？只好打電話問媽，媽做菜總是憑感覺，說不出個精準，我也只好取大概，導致魚湯不是太鹹，就是太淡。媽卻能連湯帶魚通通吃光，吃完還對我們說謝謝。等到爸和我一齊食剩下的魚湯時，我們皺著眉頭面面相覷，才發現味道根本不對。

我想，醫生並沒有把媽最深處的祕密挑出來，就為她縫合。她的腹部並未因子宮的移除而消瘦，反而鼓脹更多心事。爸為她黏好束腹帶，將肚皮上的傷疤緊緊蓋住，她累得睡去。抿嘴，像肚子那道縫線，斂得好好的；唯有超過忍耐力最大極限時，她才脫口喊痛。可是我卻發現她的眉心與眼神洩漏出痛苦和難受，我努力解讀龐雜卻無聲的心事，如此困難重重，就像她腹上的縫線，排列出一條難解的密碼。解開，就可以進入。

然而，痛，在腹部烙下一道長約十公分的印記，封印住所有心事的出口。

為了進補媽的身體，我翻閱媽的那本簿子，各式營養食譜不勝枚舉，我順手抄下幾個自認為不錯的菜色，並偷看了她的經期，是早已從精準走向紊亂不堪。其實，這簿子不純粹是我的，還是她自己的。在我離家的日子，她神農嘗百草般尋訪名醫，為了減緩迅速擴大的肌瘤，她也開始吞藥丸、噉藥湯，細讀婦科知識，我卻不曾留心她已把自己的心事嵌藏進裡頭，就在那一張張疊放在我桌上的簡報中。那是我不曾留心閱讀，也端詳不出箇中道理，子宮的故事，女人的機密。

憶起過去躺在診療臺上，螢幕顯現的冥暗畫面，揣想我也許會像媽一樣，被時間、被每個人生階段，結婚、孕生、……緩緩撐鬆肚皮，增補故事厚度，調整身心狀態；也許我仍是獨身未成熟的孩子，像偶爾叛亂的經期，躁進、失控。

我翻讀這一張張報導和食譜，解讀字句透顯的浮碼。不曉得有天會不會明白，那難以道破的腹語。

羊腸小徑

那是一張人體腹腔的解剖圖。胸腔以下，繪著脾胃肝膽腸。臟腑微微向左傾，大腸的彎折、直腸的長度，和現在科普書籍的畫法不太相同。

那是一張清代的人體圖，由西方傳教士合信譯介。這種具象剖析器官的人體新論，對於醫界和中國，都令人驚訝不已，卻又帶點漢人中心的不屑，曖昧多重的情感相互衝突著、牴觸著。

後代人攀在時間的高處張望時代斷片，隔著皮層，翻看充滿時差的身體，考索文獻，安措上個世紀發生的枝微末節。可見研究者總是浪漫，就著一幅人體畫，在幽徑中千迴百折地勘尋。既期待發現新世界，又害怕只是死胡同。

我專注比對合信醫生之後，各個時期傳教士勾畫的人體解剖圖，絕大部分的器官樣貌已經底定，唯精細程度有所差距，可是胃腸的畫法仍不斷變動。好比清末《小孩月報》上的腹腔，比例偏小的胃部充滿皺褶，鬆鬆地縮在大腸上方；大腸則整齊地盤成ㄇ字，ㄇ裡頭的小腸如九彎十八拐，拘謹地排列著。這是我見過最規矩的腹腔。不過，之所以各懷不同模樣，有一說是當時醫生切開死者肚腹時，體腔內壓迫使器官奔竄出來，難窺原貌，所以醫生有時得憑靠想像，拼湊器官原樣。其中，難以拼湊的部位之一就是胃腸。

若參閱清代醫書，關於胃腸論述是多過其他器官的。醫者從生理結構的介紹，一路拓展到飲食須知。在衛生條件不佳的年代，禍從口入，病菌滑進胃腸，滋長。肥沃的胃腸是疾病的溫床，主宰著人們的生與死。

胃腸，是充滿變數、瀰漫不安的，吞吐著時代語境。

「胃部切除三分之一。……接縫腸道。但胃部耗損太嚴重了，磨傷後方的胰臟。……」

斷斷續續的收訊，雜音干擾，耳朵有些消化不良。

「好，馬上過去！」母親乾脆而簡潔的收束。她緊抿嘴唇，不再與我們饗餮。年初一，我們正圍繞飯桌，大快朵頤長輩燜炸焗燴的膳食，飽足腸胃。突然傳來急急鈴響，是舅舅打來的。外公突然休克，經過急救，現住在加護病房。大家滿是驚訝：怎麼會這樣！病變沒有預兆，毫無防備地，令人措手不及。

其實，也非毫無預兆。外公已經腹疼多時，但老人家不曉得疼痛原因，只是越吃越少，半碗麵線、三分之一碗米粉就飽了。「我胃堵堵。呷未落。」外公時常這麼說。語畢，他緩步離開座位，到客廳看電視，或準備和朋友相偕爬山。沒有人警醒那是身體異樣的訊號，單純視為年紀大食量變小。彼時想來也頗正常。

外公始終沒有就醫，疼的時候反而上國術館讓師傅推拿。殊料推拿過程擠壓胃腸，越趨惡化。隨之，患部漫及胰臟。器官與器官之間相互摩擦，胃酸、腸菌消蝕胃壁黏膜，日益稀薄的患處最後穿出一個小洞。洞口越來越大，外公的食量卻越來越小。

「我胃堵堵。」他總如此回答。

然而，沒有人聽懂堵堵的真正意義，其實是痛。

「爸太能忍痛了。」我聽見長輩們在病房外討論。

兩點一到，加護病房開門。我們罩上隔離衣與口罩，輪流進入病房，對外公精神喊話。這是我第二次在加護病房探望親人。第一次是看阿姨，見她時已雙眼閉闔，了無血氣。我知道加護的意義，透過人力安住生死交迫的性命。

「醫生已經盡力，我們只能幫他加油，剩下就靠人的意志力了。撐過就過，撐不了就走了。」舅舅安慰手足無措的我們。

那一日，護送外公入急診間後，舅舅看著出出入入的大人小孩，被醫護人員推進來，多被葬儀社領出去。一幕幕彷彿在急如焚的心底澆灌冷水，冷卻焦慮。命啊。生與死都是命，看似微不足道，又可能堅強捱過。

進入病房，腳步彎過牆柱，穿越病床，見外公瘦弱地躺在床上，口含管子，望向另一床病人，有點不寧。喚了他，他點頭，亮著一雙大眼看我們。他的意識非常清楚，知道誰是誰，即便我們戴著口罩。

他的雙手被布套包裹，輕揮幾下。我們也揮，以為是再見的意思，轉身離開。只有外婆了解他想拆卸布套，他想寫字，詢問何時回家、身體什麼時候會好，他還想吃在新竹的女兒為他買的米粉（除夕前，他還曾向女兒電話預訂），還想再去趟北投洗溫泉。他想說的吞吞吐吐，不想說的、來不及說的已經潰瘍。

一直以來外公的話並不多，記憶中，他總靜靜捧著金庸小說，看得癡迷。他開口的時候多是唱歌，一首又一首日文歌，從丹田竄出宏亮聲音，有時帶點哭腔，旋律有些滄桑，起伏間穿插曲曲折折的轉音。那是他年輕就喜歡的歌曲，唱著唱著，很像把日治那段生活都召喚回來：榮町商店的糖仔罐、永樂町市場的青草茶、太平町老醫生的苦藥丸，寬敞的街衢，沒有霓虹招牌，早晨往來賣油炸粿的小攤販……，含蓄的臺灣男人壓抑著縟麗的記憶。

我不清楚那個年代的專屬音調，只知道外公唱完，大家都會拍手。然而，外公究竟在唱什麼？大人沒有回答我。

靜默，房間剩下醫療機器傳出冰冷單乏的音頻。探訪時間結束，我們必須出去。讓病房的人、病房外的人自己面對自己、意志和身體，撐住或者潰堤，留下或者離開。

進去、出來，見過外公的人都說他意志堅定。也許他只是不讓我們擔心而已。偏偏我們牽腸掛肚。

那陣子常常聽母親撥電話給遠端的外婆，頻頻詢問：「爸爸今天有卡進步麼？」母女討論著親人的身體。從胃腸到飲食，然後說到結婚之前的日子。兩個女人掏心挖腹，既往不曾提及的，全都翻了出來，壅塞胃腸的心事，被時間吸收、消化、排解。

幾周後，外公從加護病房移轉到普通病房，然後出院了。回到家居，又是另一考驗。外公的飲食有了極大轉變，不單要吃清淡、易消化的食物，平常吃喝從口入，但若未達定量，則必須憑靠那條外接胃部管子灌食。最麻煩的是，所有食物必須秤重才能吃，一顆餃子五克，吃了五個；水一杯兩百克，上午喝了三杯；熬到稀糜的白米粥同樣要計算，扣除鍋重，剩多少克。吃太少，灌食；吃太多，禁食。還有排便情況，腹瀉、便祕，糞便呈顆粒狀或條狀，全都記錄在簿子裡。

隨和的外公，這刻起得開始斤斤計較。胃腸飽受眾目睽睽，生活沒了隱私。

時逢端午，我們不敢給外公吃粽，外婆特別為他另備食物。飯桌上兩樣光景，他看著我們吃粽，自己喝米粥。眼神裡有些失落，卻又十分歉疚。術前術後，胃腸已經產生時差，產生斷層。

「照顧嬰兒也沒這麼累！」外婆忍不住抱怨。

朋友小君也曾對我這麼說過。

去年在馬尼拉，小君為了款待我，準備家鄉道地、好吃的食物。始於晨起，杯盤裝載的冰水、鹹魚、酸湯等重口味料理，還有充滿南洋香料的肉類，循序下肚，且餐餐如此。長年以來，我自己上市場買菜，肚腹之欲全仰賴大同電鍋。清淡少油的烹調方式，胃腸沒有刺激，溫馴地伏在腹腔裡，安逸度日。以至於我幾乎忘記胃腸敏感，觸到異地膳食，那種與臺灣截然不同的味道，馬上咕嚕咕嚕地抗議。接著肚腹悶塞，微微抽搐，便意、疼痛波波襲來，強度漸次增加。我縮在椅子上，感受胃腸叛變的痛苦。

腹痛時我不敢告訴小君，自己忍耐著。背汗濕，身體蜷成蝦米狀。直到我不斷腹瀉，身體強勁的排他性，把所有入胃的食物直接推進腸道，滑出體外。我在馬桶上有如水槽內吐沙的蚌，到最後險些脫水，讓我不得不緊急就醫。好幾天圈在廁所、診療室、臥床三角地帶來回游移。

「水土不服。」小君翻譯醫生的話給我聽。

我癱軟在床上。小君最後只好從唐人街買來米粉湯、水餃和炒飯給我，可是味道偏鹹偏油，小君只得一次又一次過水，瀝去多餘的油和調味，總算成功安撫胃腸。

「怎麼比baby還難對付啊！」小君說。

看來胃腸遠比人想像得還要戀家，在我急於體驗菲國生活的時刻，腹瀉儼然表現出胃腸躁動不安的心緒，像怕生的孩子拉扯母親的手，嚷著回家。

離開馬尼拉的前一天，小君的導遊父親帶我們來到高級飯館午餐，這是臺灣人開設的餐廳。飯後，導遊父親說要給我一個特別的閱歷風景，約莫是驚喜。只見車子繞過銀行、百貨，市區的馬路不算寬大，越過一條橋，已經是截然不同的景觀。橋的彼岸高樓林立，此端清一色紅鐵皮屋、矮樓房。

導遊父親特別申明等會兒絕對不可以拿相機拍攝。隨之，車子緩慢開進窄仄的巷弄裡，恍若照胃鏡。我們的車，觀光客的眼，緩緩潛入羊腸小徑。貧民錯落，家屋凌亂，長長短短的衣褲披掛陽臺欄杆。我見街道旁那根淡綠色水管沖過孩子的下體，沖過食物，沖過衣褲。車子還不到一個彎拐，就已經看盡他們的食衣住行。老幼青壯的人群星星落落坐在外頭椅子上、柵欄邊。他們衣衫襤褸，張著深幽空洞的眼神，看著車裡的我們。

我惶惑不安。如果，正如小君提醒，華人在菲國並不安全，當地人忌妒華人有錢而常興起歹念，謀殺華人的案例不勝枚舉；那麼，為什麼導遊父親要帶我來這？要我飲水思源？抑或藉由反差炫富華商生活？我尚未理解，卻懂得一條橋、一彎水割裂著菲國地土兩極化的生活。平行的世界共享同個時空。此岸彼端，談不上天堂和地獄，而是照徹不一樣的人怎麼生活，怎麼在這塊土地、在有涯的生命裡、在握有的資源中去妥協、去運用，然後活下來。小君告訴我，此岸世界有個名字，叫做貧民窟。

貧民窟。飛機升到天空，我仍看得見那片腥紅的屋頂，環在綠蔭的邊角。像腫瘤，像膿爛的潰瘍，生在菲國島嶼上。

我從機艙窗口向下拍了一張俯瞰圖，可惜距離太遠，隱沒了蜿蜒褶曲的羊腸小徑，然這個距離又恰恰標示出過路客的千里之隔。旅人，對於我以外的他者，甚至親人，我也只是高空觀照，各自懷著故事或心事，沒在體表底層的彎曲小徑。大家或詢問，或尋根，試圖對別人勘鑿什麼，以表示我們感同身受。可事實上，很多時候我們根本毋須費盡心力去理解什麼，只需要靜靜感受。

感受，就是一種懂得。

外公再度病菌感染住院。

探病前，母親特別叮嚀我，醫院裡不能說再見。怕說了再見，又會在醫院重逢。這句話洩漏出母親的恐懼。偏偏當我們蓄意避開死亡，死亡就離我們越近。

外公的身體已不復以往，禁得起再一場手術。我們的生活和心力也快擔荷不起，那被醫院、公司、家庭撕裂著，乃至於高額的醫療費。就放棄急救吧。大人下了最後決定。況且捨不得也只是生者的執著，對於親人的生命做最後最頑強的拉扯。

拉掉氧氣罩。蓋上黃布。外公腹腔內的羊腸小徑從此封住出入口。

出殯前夕的儀式裡，有一項師傅要我們拿斟滿湯藥的塑膠杯，將藥汁徐徐倒入香爐內，像真的把藥餵給外公，喝完藥，病痊癒。我看見液體迅速被爐內的香灰吸收。爐的凹槽，外公的胃，只是胃扎著線香，如針灸。

都好了，都過了。

喪禮結束後，外婆從外公的房間清出餅乾、藥品、衣物、書籍、古早年代的錢幣和零碎小物，我則在餅乾鐵盒裡找到兩張昭和九年的紙幣。外婆無奈地說：「我都不知伊那麼會藏，伊的抽屜、床底搜出那麼多東西。」外公的房間是他另一副腸，即便烈焰澈底燒光肉身，腑臟付之一炬，還遺留徑路，讓我們見證藏匿多時的流光，那些不教人輕易看穿的點滴，被我們翻攪著、重新感受著。我們有如行在羊腸小徑，那條蜿蜒人體內部的腸管，觀賞裡頭的枝枝節節。

男生長輩試穿外公年輕訂製的羊毛裝褲，試戴古董墨鏡，品賞精緻的瑞士刀和各種收藏。原來外公那麼愛漂亮，那樣著迷時髦物件，原來我們不曾真正知道一個人。就像清代醫生想像人體臟腑，我們都是以想像認知一個人。

我想起《小孩月報》那幅秩序的胃腸，人以為靜默乖巧的人、熟悉的人，其心工整易瞭，但人在以為的平順、了解之上，突然轉繞數個彎。來到盡頭後，才發現一切並不是這樣。真實的繁複，並不如想像的單純。

那盤在腹腔裡周轉的腸道，宛若一條古道，讓躁進或溫吞的時光壓縮入底。

期末，為了完成一篇清代醫學的論文，我細讀填充時代故事和醫者想像的胃腸解剖圖，在漾著時差的光暈裡，那模樣不斷被人修修改改，然後慢慢浮出蛻變、成熟的形狀。腸胃終於安置。

我看著鬆軟的胃、曲摺的腸，好奇醫者是取誰的大體作為範本。那副胃腸也許歷經暴動，也許恬靜溫婉，全都被時間留了下來。我靜心感受，體察一個人、一個時代的羊腸小徑。

忽然惦念起外公。那個壓抑的時代。

縱然他什麼都不說。

過敏

春天的天氣處在一種曖昧又尷尬的環節，忽冷忽熱總讓我皮膚冷熱失控，過敏不斷。過敏像過境的螻蟻，啃嚙我的神經，搔著痛和癢的臨界點，存在著難耐與不安。

也許空氣裡埋伏太多的危險因子，稍未留意，皮膚業已暈染一片赭紅，細看有些腫脹，有些發熱，我打開水龍頭拚命沖冷水，卻洗也洗不掉，也滅不去炙熱感。不到幾天的時間，那紅漬在微白的皮膚上逐漸擴大範圍。我望著一整塊紅在胸前、雙頰，像還沒刻字的印章，被蓋上紅色印泥後就直接往我身上按去，來不及防備便遭到襲擊。

往往我在季節交替時，必須成天戴著口罩，穿高領一點的衣服，隔絕危機重重的空氣、紫外線等所有可能使紅漬生長的養分。並且每次發病後，乖乖向醫生報到，仰賴藥物控制。

微微回溫的下午，大家收起洋傘，讓身體在親炙陽光後產生維生素D，但是我得全副武裝，把全身包得緊緊，畢竟曝曬的前提必須是一個健康的身體，因此這番打扮不免令人側目，心想有沒有這麼誇張。我只得迅速穿過人群，進入室內，杜絕不必要的危險。

皮膚過敏觸發自己的心變得易敏，有時看見幾個談笑的路人，揣度他們是否在取笑我泛紅的雙頰；或者害怕暗戀的人看見我這番醜陋模樣，變得毫無自信，成天低著頭。這段時間我習慣不和人言語，以免暴露自己不穩的情緒，因而阻隔了與人交際的可能。

過敏，在世界和我之間隔上一層透明的玻璃罩，如觀察櫥窗內的華麗世界，卻又因隔離而閉鎖住任何交流與訊息。

漸漸地，我在許多事情上，選擇隔著一段距離。

比如說人際。在陌生的環境中，同儕們迅速三兩成群，彼此聊天打鬧，我則在角落觀察他們的談話內容和神情姿態，從中猜測他們的性格，也從中耳聞哪些人不和的八卦；或者在分組行事時，總是被動等待別人邀請，加入團隊後，低調參與團體活動。

尤其，家人汲汲於工作，加上自己是轉學生，面對班上已畫分好的小圈圈，難免被畫歸邊界，覺得孤單。我十分討厭社團、分組或課堂討論等任何需要接觸人群的活動，因為不熟悉而往往一個人行事。久之，自己竟開始摸索出一套適應哲學，學習獨自面對所有的陌生，不管是生活空間、時間步調和群體習性。如同天氣轉換時出現的過敏症狀，無論妥協或是反抗，身體也得緩慢自其中找尋一個彼此能和諧共生的法則。

熟絡的朋友坦白告知初識我時，只覺得我孤僻難搞，但恐怕是站在邊緣地帶反而讓我擁有某種安全感，以為迴避掉可能觸及的流言蜚語。

想起大學，我還在補習班打工擔任導師，那時我的班上有一個免疫系統頗差的孩子，在季節交替的時候，他會全身紅癢，嚴重到甚至需要請假。一開始我有些擔心，和他母親通了幾次電話告知情況，然而他母親一副無所謂的模樣，彷彿已習慣這樣的病症與流程，孩子過敏、進醫院、吃藥擦藥，或打點滴，每年重複同樣的動作，反應卻讓我有些詫異。縱然自己也常常因為過敏而必須就醫治療，不過那孩子的身體確實太過虛弱，不免令人擔心起來。

我開始關注那孩子的舉動。他十分怕生，不諳於交際，在班上幾乎未與任何同學交談，總安靜地坐在自己的位置上，看書、寫作業。偏偏那溫吞的性格，以及外表泛紅的肌膚，使得他屢屢成為同學開玩笑的標靶。好幾次，我斥聲嚇阻同學們奚落的言語時，他也只是看了我一眼，然而，那眼神我看一眼就懂，他卻避開我和同學，將視線又轉回到自己的書本。

他始終安靜，無任何反抗，仍舊與他人保持間距，像對抗過敏，除了醫療之外，也只能消極地阻絕外在世界，甚至化為一道極深的溝渠，縛在單純無害的空間裡，緩慢療癒泛紅的、過於緊繃的身心。

於是，我刻意在幾次中途下課或用膳時間，與那孩子單獨聊天和吃飯。他從一開始對我的畏懼到不排斥，再到接受、熟悉，逐漸卸下過高的免疫機制，不再以為我是過敏源。

是否，過敏除了藥物抑制，在消極迴避之餘，還容有一條褪去防衛、坦然面對的解決之道？

多回和那孩子暢談過後，我才發現，他的身體其實未必如此羸弱，而是來自心理深處的病根影響了他的生理狀態，使得他的身心變為極度容易過敏。

細究其中，我赫然警覺到他的脆弱來自愛的匱乏，從小父母離異，家人疲於工作而忽視孩子，同學排斥，使得他選擇生病逃離現場，或者只是擴大病症捕攫親人的關愛眼光。於是，他在燠熱的夏天仍套上一件防風外套、戴口罩，常常低著頭，別人的眼神和言語有如強烈的紫外線，他只能閃躲，在自我與他者中間立起一層防衛機制，隔絕外在，刻意和人群、環境保持疏離感。

然而，候些時日，他的母親撥通很長的電話給我，因為工作轉換，他們又要搬家了。後來，我再也沒見過那孩子，也不曉得孩子的消息，過敏仍是一樣嚴重嗎？到新的地方還適應嗎？我想起一回自己因過敏太嚴重而掛急診時，那醫生和我說：過敏無法根治但可以治療。就像對那孩子一樣，我似乎無法為他根治什麼，只能最粗略的治療，急用時擦上一層類固醇，暫時止住過敏徵狀，然而，我始終不曉得這對他來說是否真能算是一種治療？

然而，為人處事恐怕不是過敏治療這麼簡單而已吧。

近日季節正在變換，冷熱交換瞬息，這種反覆無常的灰色地帶，讓我的心理與皮膚也開始莫名的不舒服，像蟲在小口小口嚙咬著我的身體，有點刺，有點麻，卻又像被搔癢一般，心情跟著被騷動，懸浮在不安的氛圍，輾轉反側。

如果說，人體之所以過敏，是因為免疫系統對某些外來物質的誤判和過度反應。那麼，那個孩子處在痛和冷漠的邊緣，過敏對他來說是一種保護，還是一種控訴？

我總想，可能，幾年過後，他已學會與過敏相處，尋求自我與他者的平衡點；也可能，他繼續受苦於過敏帶來的副作用，反覆同樣不堪或孤獨的情節。在容易令人過敏的季節裡，我的皮膚依舊無法適應與調節忽冷忽熱的天氣，無法全然赤裸地暴露在空氣中，因而習慣在陌生的場所，將自己包藏在面罩底下，然後迴旋於醫藥與過敏原之間，遵循藥物指示，服下生存之道。

痘，留

我的青春痘發得晚。當大家開始拆卸七星痘、觀音痘擺陣，我的痘痘才剛冒芽。遲來的青春，蓄勢待發。

那是不怎麼美麗的青春。

從風城初到北盆地，天候、水土、食物嚴重不服。腹瀉、發燒、感冒在初臨北城的第一個月瘋狂炮烙我的身體。病癒之後，左側臉頰率先突起一顆硬硬的小丘，手指按壓，竟有些疼痛。難以忽視。

某日照鏡，發現雙頰的痘痘又多冒出幾顆，不打緊，痘痘泛紅而顯得昭彰。不過，我沒有立刻就診。因為太害怕吃藥了。僅是從同學身上打聽治痘偏方，某牌子的除痘乳膏很有效，在患處貼撒隆巴斯很快消，多吃維他命C，多喝綠茶，或者聽臨櫃小姐推銷除痘產品……，那些，我全都買了，全都試了，就是毫無效果。堅強的痘痘，儼然是對那些偏方那些產品以及我的荒唐一記狠狠的嘲諷。

我戴起口罩，佯裝自己感冒，一如我刻意不修改過長的牛仔褲，只因為我想利用褲管蓋住高跟鞋鞋跟，營造我的身高假象。青春特別在意這副臭皮囊，在意別人怎麼看自己。我隱隱感受身體正在轉變，隆起的胸、流出的經血、易怒的脾氣、冒出的痘痘，如小動物們聽見地殼波動時那抹倉皇的神色，他們走避，可我無法褪去皮囊，只能正視，然後想辦法，迴避。

我的身體向來不守時，好比幼時走路硬是較其他嬰兒遲、小六寒假終於換完最後一顆牙齒、高中才開始轉骨，不曉得如何向人解釋身體發育緩慢，青春來得晚。我陸續與身旁同年齡女生差肩，拉出斷層。當她們開始談戀愛，我還在與男生稱兄道弟討論正妹。倏忽，她們穿起套裝，揚起袖管準備儲蓄第一桶金，我還在校園。然後，她們結婚、生子，我仍汲汲營營生活瑣屑。她們忍不住對我說：「你怎麼那樣慢哪？」跟不上，像永遠跑在兔子後頭的烏龜。

沒課的時候，我窩在寢室內，當生活宅女，當網路過動兒。除了看書、寫稿，我打開電腦，打開FACEBOOK和LINE，與正在線上的老友說話，聽他們訴說感情生活、上班鳥事、同儕出遊，那些我未曾參與的生活，我在電腦前想像著、假裝參與著，卻始終知道自己跟不上他們的日子，真正大人的日子。

我看著訊息從遠方遞來：「我先上班喔」「我先出門喔」「我先離開喔」……，我總是最後一個關掉聊天視窗的人。有始有終。

每隔一段時間，我的手不自覺爬上那突起物，如警犬尋獲獵物，時不時碰觸，告訴主人目標在那。我的大拇指與食指連袂出擊，壓、掐、擠，痘痘仍舊屹立。不知道是不是誤觸了什麼，指尖的細菌給了痘痘滋養，幾日，沿著痘痘周圍又多冒了幾顆。隨之，順勢蔓延開來。甚至從左岸越過鼻子，來到右岸。指尖順著臉頰下滑，起伏跌宕的痘痘，像座座休火山，閉鎖在皮層底，不曉得什麼時候熟成、爆發，也不曉得痘痘往哪邊擴張，更不曉得痘痘何時滅絕。

不確定感，最易令人慌亂陣腳。

有段日子，我的人生目標變得不太確定。

該是大一吧。在文學概論課堂上，我捧著筆記本，期待老師告訴我們關於文學的雛型，卻只見她低頭猛念課文。初次小考，面對陌生的申論題，我僅僅拿了五十分。以往我不曾在國文這科目上拿到如此分數。現代詩課，詩人皆不熟識，就被老師抽點解析瘂弦的作品，我支吾其詞，曾經我是多麼著迷現代詩。國文默背坑坑巴巴。對一切感到挫敗。不太確定那樣的日子是否真讓我獲得什麼，或者念中文系的意義。只是感覺腳步隨時都要跨出界，理想中文的邊界。

慢慢地，我開始把座位往後挪。挪到最後一排。挪到教室外。有時，助教點過名，我就偷偷溜出教室，到旁邊的圖書館，隨便從架上抽本小說散文來看，把高中課本點提過的作家作品，一本一本尋出、瀏覽，然後再依此拓展，從華文到日本到西方，尋另個與自己相同遭遇的背影，看每個不澈底的小人物在這世上怎麼生活、怎麼應對生命不可承受之輕。

或者漫步校園，在文園餐廳買塊巧克力菠蘿，到宜真宿舍前面的圓環，坐看來往行人，知曉這一季流行的衣物配搭、女孩的美姿美儀。

或者走遠一點，搭公車到西門町的真善美戲院，看場非院線的藝術電影。坐在沒什麼人的影廳，欣賞幕幕精緻華麗的視覺效果，練習看懂那批覆在層層疊疊的對白與動作下，每個深刻寓意。

某回，在圖書館遇見同學Ｇ，她也蹺課來這。剛開始我們僅是點頭問好，但幾次下來，開始寒暄說話。我喜歡在圖書館邊角聽她分享看過的書與電影，我開始瀏覽陳映真筆下倉皇瘖啞的白色恐怖年代，邱妙津那顆脆弱易敏又狂暴熱烈的心，或者王家衛、李安……，也聽她抨擊時政、講述歷史，漸漸知道更豐富的訊息。她說的不是以往課本會出現的經典，為此，我總詫異她懂得那樣多。

後來，她邀我一起到西門町看電影試片，參加作家簽書會。買杯汽水，坐在麥當勞或紅樓聊天。聊著聊著，話題從世界轉向自己。原來，她的文藝養分源於前男友。她目光炯炯的回憶自己如何從男友身上接觸文學，走入電影。但當男孩發現Ｇ

的家庭狀況後，竟毅然分手了。分手時還責備G欺騙人。那是一場斷層的戀愛。

我才曉得G源於單親，家境不好，母親是百貨公司清潔工。她身上所有名牌衣物配件，乃至文具，幾乎都是母親從垃圾桶拾來的，全是過季、瑕疵商品。她痛恨著，知道名牌的意義不是材質，而僅僅是那個華麗的名字。還有，披在身上後，給人的印象。彷彿遮瑕膏，修飾家世，掩蓋貧窮。她把情緒埋在名牌裡，兀自發紅生膿。遂從而把文藝當成某種治療，也當成某種紀念戀愛的方式。就這樣，我慢慢在其中，懂得許多事情。

我把更多注意力移轉到課堂以外，透過那些一點一滴拼湊世界的模樣，應對人生的態度。同時，卻不斷懷疑高中以來心心念念的中文系是否仍是青春最後的棲息地？只是清楚知道課堂對於徬徨學子的潤澤，遠遠不及課堂之外。我憶起沈從文的逃學故事，當他看見街道人世，從中明白許多事理；以及體膚的那句：「自從逃學成習慣後，我除了想方設法逃學，什麼也不再關心。」逃課成癮，不是逃課這個舉動，而是外面紛呈的世界，尤其令人魂牽夢縈。

期末，我正沒日沒夜地狂K課本，應付考試。某晚接到G的電話，她告訴我，蹺課太多，許多科目都將赤字，深恐二一，所以她想先休學。我知道無法挽回她。掛斷電話，莫名想哭。

警訊。痘痘。讓平滑的心緒變得起伏，有時暴動，有時癲狂。青春像那變異無常的內分泌，一下失序，一下恆定。

痘痘生長、熟成，我擠出白色的膿，掐出黃色顆粒，皮膚變平，卻遺下淺黑疤痕。不久，疤痕之上、疤痕旁邊又來勢洶洶長出新的痘痘，整臉紅黑交雜，儼然是不小心打翻的顏料，嘩啦全撒在我臉上。

我終於掛號來到醫院，向醫生取藥。按照三餐，吞下一粒粒抗生素、類固醇。但卻始終不見療效。藥物只得越來越強，那膠囊從綠色轉為桃紅，再轉為藍色，一次比一次鮮豔，彷彿毒性過強的花，以毒攻毒，把皮層裡化膿的、發炎的細菌，消除殆盡。

但是，一年多卻始終不見療效，我換另間診所。女醫生見我及我的病歷資料，年齡已過青春期，寒毛多，隨後輕摸我臉上的痘痘，問我月經情況。「這可能是多囊性卵巢的徵兆。不確定，要做EHCO。」啊？痘痘，跟青春無關。

是日，我獨自來到診間，灌下一瓶礦泉水，隆起的肚皮，側面看像身體長了一個大痘痘。我躺在床上，冰冷的探頭壓在我卵巢位置，醫生看了螢幕，她指著卵巢邊緣冒出粒粒小胞囊，解釋痘痘便是這些傢伙汩汩分泌雄性荷爾蒙的關係。然後斷定這是多囊性卵巢。

我查詢多囊性卵巢症狀，多毛、痘痘、月經混亂、不孕。病變，藏在腹內，不輕易示人的，卻又悄然把訊息鑲嵌於鼓脹的痘痘、毛髮與血液中。實則，這症狀並不會消去，一段時間可能又會發作，必須服下抗雄性素的藥物遏制失調的內分泌。像永遠在青春期、鬧脾氣、長不大的少年，反反覆覆。

往後幾次因論文、教書導致作息失調，或者戀情失敗、人際挑戰而心力交瘁，高壓的狀態，雄性素增生，內分泌再度失序，我回歸吃藥抗制。循環往復，我也一度厭膩自己。有時想起G，厭惡貧窮身世和勢利的G，不曉得現在如何，是否能正視這些破敗？

藥物治療後，痘痘消去，疤痕被時間慢慢漂淡，回到初始皮膚樣態，平滑、白皙。只是，痘痘之後，面對病症才是真正的起始，少吃甜食、作息正常、學習紓壓，定期運動，減緩發作。人總得學會和殘缺相處呀。

循環幾回，我慢慢明白，某些人事物或經驗擁有之後，無須執著，最好是輕輕放下。像青春痘，長過、消去就好。

界線

今年暑假，我開始認真留意馬路上各種顏色的線、路標和告示牌。

「注意地上的線，超出或壓線就不及格了啊！」坐在副駕駛座的教練一邊把頭探出窗外看車輪是否壓線，一邊提醒我。

練習開車的時候，我緊盯車身兩旁的白線，轉彎時不斷提醒自己：方向盤不能轉到底；路邊停車，車內把手對到計分桿就要趕快右轉方向盤兩圈，接著，看左側地面上的箭頭，車身壓住二分之一後，把方向盤轉到底⋯⋯。切記，一切都要慢，否則車身錯過標誌，就玩完了。

玩完，意味著這期繳出的報名費將成為慈善基金。

我開車的時間在晚上，訓練場的燈光並不明亮，有時根本看不到教練說的「白線」。教練只得下車，踩在某個點上，告訴我這邊有一條細白的線。一步一步，原來那是一條有弧度的線，車身不能越過那條線，不然就會觸動扣分桿。

「教練，可以把線畫清楚一點嗎？」我瞇起眼睛，忍不住抗議。

「不行啦！這是偷偷畫的。被查到就完了。」

原來，訓練場裡有很多的機關和口訣，像某種隱喻，某種潛規則。

以往我載著教練環一圈訓練場，他就會下車，讓我自己練習。那天，他並沒有下車，竟然和我聊起來。我繼續開。他在車上抱怨長官剝削員工，抱怨上一梯的女學員竟然控訴他騷擾。他向我解釋當天發生的情況，他只是伸出手想調整學員手中的方向盤，不小心碰到她的身體。我聽得出來教練刻意強調「不小心」三個字。

那次教訓，似乎成為訓練場上另一條潛規則，男教練對於女學員的教學方式：盡量動口不動手，除非必要。畢竟在封閉狹仄的車內，一旦觸及界線，就像不小心觸動扣分桿的警鈴，即便是機器過度敏感，或者壞掉，怎麼解釋都百口莫辯。

教練已經不敢隨便出手了，就算我卡在S型彎道裡面，他也僅僅站在車子外頭，對著我大吼；抑或坐進車內的時候，他也拘謹地悶在安全帶裡，在旁側提醒我看到哪個標記就該打幾圈方向盤。

那是現成的區隔，我們之間被手剎車擘分開來：正駕駛和副駕駛座、教練和學員，然而，我知道縱使我們的身分可能在結訓後有所轉換，但無論怎麼改變，總是會回歸最純粹的男女界線，橫亙在前，肅穆地戍守，不允冒犯，不容嬉鬧。

我想起大學剛畢業，來到某所中學擔任代課老師。報到時，教務主任特別叮嚀我和學生不可以太親近，要嚴肅，要罵人，否則學生爬到頭頂上，就很難掌控秩序了。我點頭。走了幾步路，主任突然回頭，在我耳旁壓低音量，說：「還有注意和學生的距離。你們年輕老師涉世未深，要小心。」我愣了愣。許久才會意，啊，是師生戀。

約莫是我的年紀，和中學生差得不算太遠，加上頂著一張稚氣的娃娃臉，以及嬌小的身形，發育不良導致的錯覺，可能使師生界線變得朦朧，容易踰矩。我可以理解主任的掛心，雖然他努力把話說得很輕，但話語中的「你們年輕老師」已經曝現世代與世代、資深與菜鳥的種種間距。

確切來說，界線並不緊密拴住兩側的人，就像手剎車和座位仍有一小段距離。這道縫隙深不可測，常常夾住許多小東西。我的學員證就曾經不小心掉落，只得費盡心力用指尖摳出證件，同時，卻也挖到幾枚生鏽的銅板、勾住灰塵的名片和年代久遠的電話卡，出土瞬間，令人詫異。而人與人之間也存在著溝隙，匿藏晦澀難解的心思。僅是憑藉相處，從話語裡掏挖縫隙，那些良善的，不堪的，讚歎的，鄙薄的，交錯締構人間世相。

這是一條深幽的縫。

有人說這就是代溝。可能攸關年紀，也可能攸關經歷，乃至許多主觀、客觀因素，使得兩個人、兩群人產生差異。我曾讀過一個論述，法國學者埃斯卡皮在討論文學作家時，特別提出「世代」的概念。其實早在之前已經有學者討論，有人統計在各個語言的文學活動中，作家們的出生年代往往叢聚在某一時期，也許十年為一個階段，也許二十年；學者假設世代交替具有某種周期性，而這個周期可能以正弦曲線或螺旋上升的律動表示。闔上書本，我開始想像那變動的圖樣，如螺貝那般絢爛的殼紋，一環圈著一環，勾勒文學的黃金時期、低盪或世紀末的華麗。那似乎標誌傳承、衍異或者迴旋，不同時空的文學蛻變。世代移轉彷彿沒有隔閡，沒有界線。大輪轉過一圈，時代就變了。

可是當世代與世代被並置在同一時空，代與代兩個大輪，即便是兩個完滿的圓，無論靠得多麼緊密，也永遠存留空隙。界線與界線之間，從來都不是貼合，而是磨合。

終究是難以無縫接軌的底線。

教練告訴我他娶了小自己十七歲的越南新娘，生了一雙兒女後，開始發現嚴重代溝，不單是小孩教育。他的前妻挪用教練的存款開立服飾店，一年左右倒閉，錢財糾葛不清，債主上門討債，加上孩子生活開銷，夫妻倆成日吵架，最後妻跟另一個少年郎跑了。他將孩子留給妹妹照顧，自己出來賺錢。「很多外籍新娘都這樣啊。」教練說。我也常常聽女性長輩這麼說過。那群女孩的原鄉生活太過貧困，多半透過婚姻，讓自己的生活品質、身價翻出貧窮，跨入界線彼岸，好一點的社會階級。

我瞥了教練好幾眼，他的臉正面向窗外。那會是什麼樣的表情？當他回憶充滿裂痕的婚姻。他的妻愛過他嗎？愛吧？女人的身體多麼精細敏感，既然願意卸下界線，讓身體進入另一個身體，然後忍受疼痛，從身體孕育出另一個身體。還是，沒那麼愛吧？是愛的極大值是有力量泯除界線，儘管逆境和斷層。可能，我們以為的身體、年紀、文化……從來都不是畫分彼此的界線，而是認知。

教練下車後，我納悶著：他知道我只是一個過路的學生嗎？結訓之後就不再與訓練場有任何干係，何必對我說這段隱私？猜想他可能積累過多的負面情緒，壓到底線，必須抒發。此時，我是一位傾聽者，朋友或者張老師專線。

我記得交通管理處罰有一條：雙黃線禁止超車、跨界和迴轉，但是白虛線可以變換車道。界線隨著馬路地段而有不同的規矩。教練和我、我和學生、我和教官……，不同場合，不同分際，卻又因隨心境轉換界線的型態，是不容超車、越界和迴轉的倫常法則，還是允許穿梭車道的雙向交流，不斷交錯。

界線底層幽幽吞吐著潛規則，關於倫理，關於磨合。

我敬畏界線。

這段駕訓時間，彷彿回到學生時代，我反覆默記所有口訣，看到哪個標記就應該轉幾圈方向盤，然後規定自己一定要把這些規則訓練到像反射動作。但是，壞在我太重視界線了，開車緊張不已，雖然循規蹈矩，卻時常出錯。咚一聲，車子卡在S型彎道內動彈不得，又或者右前輪不小心上了安全島。車輪壓到白線外而觸動計分桿，頓時鈴聲大響。教練只得從遠方匆匆跑來救我。

有天，教練突然要我坐在副駕駛座上，看他怎麼開車。

「開車就是一種感覺，覺得車身靠近白線，就稍微動一下方向盤。但不需要轉到底，留點空間調整車身。」

比如，路邊停車時，他邊測量車身和停車格距離，轉起方向盤；他也從來不緊盯地面上的白線，只是看見安全島時，輕輕轉動一圈方向盤，純熟地讓車身避掉白線，安然滑過彎道。

「其實你不需要那麼緊張！」教練忍不住對我說。

他說的沒錯。只是我太壓抑各種感覺，認為那是虛無縹緲的東西。就像別人說緣分、命運，彷彿生命真的潛伏規律：三十歲之前你不會有感情，五十歲之後你會飛黃騰達。一段一段，隱隱然存在的界線。你觸不到，但是等到離開界線之後，也許就看見了。就像開車那樣，離開彎道，才真正看清楚那條線，其實剛剛一直被壓在輪胎底下。

不過，所有的線從來都只是一種提醒，不是約束。好比職場上總總人際關係、所有鉅細靡遺的規畫、尋求抵達的理想和境界。剛開始心裡要記得界線，但熟悉位置之後，就要拋掉。線不能喧賓奪主，搶了專注力。專注力應該放在所有可能產生的危機上，透過後照鏡時時感覺車子、留意自身的位置。所以方向盤在開始時就不能猛力轉到底，留點空間應變，慢慢修正車輪，讓一切在界線之內。

考到駕照後，我鬆了一口氣。離開訓練場，我正式開車上路。那些充滿機關的線都只是提醒了，看到、知道，但不能絕對依賴。駕駛的眼睛應該超越界線，無為而無不為。一如世事，不刻意，不虛情，保持彈性。

我慢慢放掉緊盯路面的習慣，時時覺察車身四周行車和路人的動向，保全車子自由度。由來線只是物象，人往往在物象流轉中僵直、迷亂。我練習記得線，也練習遺忘線。然後回歸最純粹的感覺，遊刃有餘地尋找界線與界線之間一個平衡的端點。

鞋子的祕密

十八歲，我買了第一雙高跟鞋，才開始學習怎麼走路。

抬頭挺胸，上半身穩住。想像有人從頂上拉你，有一種向上延伸的感覺。跨步時，大腿施力帶動小腿，以腳板中心著地。上、下樓梯膝蓋靠攏。來，多試幾次。先沿著牆壁直線前進。

穿了多年高跟鞋的室友，在一旁指導。見她指揮的模樣，從站姿到坐姿，最後癱在床上。我想，我可能不是穿高鞋的料。

走路，真是一件好難好煩的事。

那一陣子，為了練好走路，室友推薦先看模特兒走秀，有個範本應該可以加速學習。我緊盯伸展臺上模特兒帶有律動的行進模樣，配合音樂節奏，使得每個步伐都似一個音樂符號，一個節拍。走路是一門藝術，細膩得如鐘錶內鍵，每一分每一毫都如此精準合拍，不疾不徐。

幾年前，林志玲旋風，模特兒身分翻紅，不再是演藝圈的小角色。我也曾一度迷戀這個身分，在家看電視時，模仿模特兒走路姿態，偏偏滑稽模樣，惹得眾人笑岔了氣，笑彎了腰，要我去應徵諧星。

我是不曾留意自己走路的樣子。

直到有一回，在美妝公司上班的小白驚訝地告訴我：「你走路姿勢也太像男生了吧。」很長一段時間，走路時，我眼睛猛盯身旁可以反照身影的櫥窗或門板，總算發現自己走路方式怎麼那樣難看。也許褲裝穿慣了，為避免褲管摩擦，雙腳微開，趿著帆布鞋，帶點外八的步伐，看上去有點七爺八爺的感覺。但又能如何？知道走路真相後，我已走了十多年的路。

然而，那十多年，像沒真正走路過。

往往，行走與否作為成長的一個分水嶺，嬰兒與嬰孩的差異，就在那一雙腳是否落地。我想起父親衣櫃內藏著我的出生印記，那雙迷你的青藍色的腳丫子，在寶寶手冊上落款。現在看來，那印子就像一對標本，記錄湮波縹緲的出生。

從懷中的襁褓嬰兒到雙足落地的幼童，祖母把我放在學步車內，任由我移動，一種假性的行走。可是，人類無論會不會走路，都有那麼一雙鞋。我曾見過自己的嬰兒鞋，是粉色格子的娃娃鞋，那是祖母以棉布製成的，材質比襪子再更厚些。祖母說，嬰兒鞋是保暖用的，好看好穿即可，若要走路，可能不太適合。有時候鞋只是身體的裝飾，與走路無關。

在我出生十一個月左右，母親去百貨公司買了一雙學步鞋給我，那雙鞋來不及記憶就被丟棄，連母親也不太記得那雙鞋的式樣。任由我恣意想像。那可能是有聲音的鞋子，走路時鞋子會啾啾啾地叫，只聞聲音，就可以知道小孩在哪；抑或可能是公主般華麗的鞋子，是裝飾焦點……。然而，孩提學步的日子我並不記得，世界上不記得的東西、不被記得的東西太多了，人的意識是一堵牆，隔離了想記得、能記得和不記得的事物。

我只記得當我有意識時，我的雙腳已經站在路面了。而貼住路面的是一雙球鞋，支撐起好動的身體。鞋，不再是好看就好，而被賦予實用的意義，保護雙足比什麼都重要。就這樣，我大膽游移。尤其年少因為朋友的緣故而喜愛活動，和他們一齊騎單車、追小狗、爬大樹，奔跑、跳躍，走路作為一種本能。

可是，直到遇見高跟鞋……

女人內心大多夢想過一雙高跟鞋。對於我，那是一項神祕的禁物。因為母親從不讓我碰觸她的鞋櫃，也從不告訴我關於高跟鞋的事，她總是跟我說：「穿高跟鞋對身體不好。」卻沒解釋為什麼不好。

小時候我幻想過我的高跟鞋，也曾在圖畫紙上設計過幾雙鞋款。然後踮起腳尖，來回在房內踱步。甚至等到母親上班時，躡手躡腳溜到她的鞋櫃前，想像門板後是一片華麗的世界，如打開納尼亞的衣櫥，我將開啟何等冒險。小手打開兩片厚重門板後，看著櫃子整齊擺放五顏六色、各式各樣的鞋款，黑色包鞋、藍色魚口鞋、桃色細跟涼鞋、棕色馬靴……，彷彿珠寶盒。母親個子嬌小，她的鞋子幾乎是兩吋以上的高跟鞋。可是母親不喜歡我在她的鞋櫃附近徘徊，我總以為其中原因在於鞋櫃裡藏匿不可告人的祕密。

我最愛偷開母親的鞋櫃，將一雙雙高跟鞋取下，小腳套入大鞋中，學母親走路，聽鞋跟撞擊磁磚，激起叩叩地聲響，彷彿陸地回音。我穿了一雙繞客廳一圈，換上另一雙繼續繞圈，沒有什麼特別意義，也沒有什麼特別目的，更沒有所謂高跟鞋走路法。我的皮膚貼住母親穿過的鞋，鞋沒有溫度，有些涼，不過走幾步，腳會自動溫暖鞋子，甚至脫下時，皮膚黏住鞋上的襯墊。我兀自以為母親的鞋依賴我的腳。

有點瘋狂，花了整個上午，我把所有鞋櫃內的高跟鞋穿過一遍，卻沒有找到任何祕密，也許鞋櫃裡的祕密不在鞋子，而是我內心將它施了魔法，母親不在時，鞋櫃歸屬於我。那是我瞞住母親的祕密。

我猜，應該是小時候穿高跟鞋，不諳走路方式，而把自己的腳走成O型腿。不過母親並不曉得，數次在我面前責備祖母：「醫生都已經說了，學步車容易讓小孩有O型腿，怎麼阿嬤還讓你坐學步車。」那是有醫學當墊背的論述：學步車以半坐半站的方式移動身體，臀部常會往後，那坐墊將兩腿分開，實則並非正確的走路姿勢，可是當身體記住這種錯誤姿勢，就容易造成O型腿。母親向來深信科學證據，因為太過相信專業，忘記人類最純粹的直覺。她從未發現，我偷穿她的高跟鞋。

那是一次觸目的閱讀經驗。我在H的書架上翻到高彥頤《纏足：金蓮崇拜盛極而衰的演變》，那本書考古了婦女纏足風貌，我深深被裡頭纏足照片吸引，然後震懾。那已拗成弓形的腳骨，腳趾頭下壓入腳底板內，形成一個三角的肉粽形狀。特別X光片，清楚映現已成V狀的骨骼。乍然，椎心刺痛的感覺爬上我的末梢神經，蔓延至皮膚，突起一粒粒雞皮疙瘩。這樣的腳該如何行走？張愛玲〈金鎖記〉中金鎖為女兒長安纏足，以前未有畫面，現在有了圖片基礎，想來到底有些揪心，突然覺得金鎖這樣的母親真是狠到骨子裡。

然而弔詭的，照片中纏足女人的臉上卻漾著微笑，我一度懷疑：會痛嗎？疼痛在微微上揚的嘴角內，是咀嚼消化？還是隱藏起來了？扭曲變形的雙足，在美麗的鞋襪裝飾下，只露出拱起小腳和三寸金蓮。這雙腳因為斑斕精緻的繡花鞋，展現出婀麗的樣態，沒人知道這纏足女人怎麼觀看自己變形的腳，走不遠的步伐，在丈夫與社會的重層透視下。

祖母的原生家庭家境不好，所以沒有纏足。依稀聽過家人說曾祖母是傳統婦女，家境優渥，纏得一雙三寸小腳，頗受人讚賞。我從未見過曾祖母，連照片也無保留。黃信恩在〈踮起腳尖的日子〉提及他纏足的祖母，踮起腳尖行走的歲月，我的腦海閃現那些書影內的纏足女人們。腳與鞋，輻輳出一個時代的群像。

大學畢業典禮，我蹬起一雙三吋高跟鞋，那鞋的材質並不好，穿不到五分鐘，腳已磨傷。腳後跟磨破皮不打緊，腳趾也擠得發疼，使得校園巡禮時，得一拐一拐地挪移。

「會痛嗎？」同學關心詢問。

「沒事的。」我微笑，揮了揮手，佯裝正常。（我突然想，那群面帶微笑地纏足女子，是不是也跟我一樣假裝沒事，或愉悅？）

其實，我跟纏足婦女不也一樣踮著腳尖前進，行不遠，走不快。從挺直的步伐到彎曲的雙腳，前傾的身體，腳雖然不至於成為V型，卻也挺不住身軀。才幾步路，就同林黛玉一般，在旁邊歇憩。或許女人要駕馭高跟鞋，就像騎馬，得洞悉鞋的特性，然後配合腳的施力，才能完成美麗的跨步。

然則，高跟鞋和三寸金蓮的意義有點雷同，又有點區隔。早在三〇年代，上海女人已足蹬高跟鞋，穿梭十里洋場。當時一份頗為有名的刊物《良友畫報》做了一個特殊調查，發現高跟鞋並不是滿足男人的審美癖好，而是彰顯女人的自信與意識，高跟鞋因此變成男性畏懼女性的物件，儼然是女權的符號。

高跟鞋在某個層面翻轉出纏足對於女子身體的拘束；同時，也意味著女性轉型的物件。

十八歲，我在西門町商店，買下第一雙高跟鞋。母親並不曉得這件事，她總是反對我穿高跟鞋，試圖用各種醫學理由說服我。我依舊故我，只因為高跟鞋的成長象徵，比健康更具誘惑。

我開始學習走路，像女人走路。微交叉的步伐，帶有韻味的姿態，緩慢褪去毛躁急促的青春腳印，想辦法往成熟之途邁進。

鞋，除了裝飾，還有身分的表徵。

後來我才知道母親穿高跟鞋，由年輕的愛美到工作、社交場合的需求；而今，穿了三十多年跟鞋的腳，已經大拇指外翻，只是她總用鞋修飾、藏匿。後來，母親練了氣功，知道高跟鞋傷身的嚴重性，從此鞋櫃不再進高跟鞋，鞋款也轉為慢跑鞋、休閒鞋。那又是另一種行走的步調。中年以後，甘於自我的踏實。

那是不與人言的，女人的鞋子暗嵌多重心事和象徵。現在我反思幼時覬覦母親鞋櫃，讀不懂那鞋子的祕密、腳的故事。現在我總算明白，母親言說與未言說的，標籤在鞋款的轉變，行路的遷異。高跟鞋的禁忌，其實道出母親的辛酸與不捨。

現在，我立於教室前，面對沒有講臺的空間，以及一群年紀比我大N輪的進修部學生，我個兒小，一臉稚氣，只得足蹬高跟鞋，掩蓋年紀，撐出氣勢。然而，偶見教室後面的同學一個一個歪著頭、伸出身體，活像人體版的千手觀音；又或者大老闆輕鄙的神色，吐露著「拜託，你還肖年，懂什麼」的傲態，有些洩氣，於是一次又一次裝備自己，鞋子高度、資歷厚度和談吐深度。

只是下課後，我往往雙足腫脹，坐在回程的巴士上頻頻搓揉小腿。那時，我才漸漸了解輕熟女對於高跟鞋可能從中獲得意義與益處，也可能耗損某部分的力氣與身體。

那會是怎樣的跨步和走路，拖著高跟鞋，迤邐一段輕熟人生？我了然於心的是，在高跟鞋時期過後，嘗盡各種酸甜，我會用什麼心情和言語對著另一個渴求高跟鞋的女孩說：小心，高跟鞋！

瑜伽那些事

1. 新

終於加入瑜伽的行伍。

每周我興沖沖地來到瑜伽教室，從黑色封套抽出瑜伽墊，抖開綑成圈狀的墊子，一手宕開草綠色的春日光景，然後跪在墊子上，試圖用體重壓平捲翹的邊角，緩慢地鋪平。平整一日蜷曲的身心。

我們坐在瑜伽墊上，闔眼，掌心對掌心，調勻起伏的心跳。老師說：每次的瑜伽練習都會因為當天生理作息而有不同狀況，所以每次我們站在瑜伽墊時，都是一次新的開始。

新生。當我們站在瑜伽墊上。

然而，也不全然新生。肌肉乘載近日作息，疲乏、緊張或愉悅等等多種情緒與狀態輪迴此身。因此，我們伸展肢體，或僵硬或柔軟，都有前因，歷歷可循。

我從每一次的身體狀況，推想日常，修改日常，如每次老師輕柔修改不夠到位的手臂。

修改、調整、重來，也許下次，下次站在瑜伽墊上，我又是一個全新、更好的人了。

2. 呼吸

瑜伽正式開始之前，老師帶領我們做熱身運動，舒展筋骨。比如將手掌張開，從兩側向上延展，同時雙腳向下蹲，像一朵隨風律動的向日葵；向上延伸的手，向前順時針下滑，胸口靠近大腿，微蹲，讓手掌貼住地面。吸氣，向上延伸；吐氣，向下微蹲。重複往返。

身子一仰一彎，都綰合呼吸。

「眼睛閉起來，讓呼吸帶領身體。」

初閉眼，眼前晦黑一片，我有些忐忑，瞇眼，讓外部光線透入眼簾。我太依賴眼睛了。幾乎是以眼睛帶動身體，而非身體本身帶動自己。我瞥見左右同學安心闔眼，順著自己的節奏，仰身，彎腰，屈膝。大家的律動都不一樣，各自在瑜伽墊上開花、謝去，四時運轉，自成一格。

我終於安然闔上眼睛。呼吸，傾聽身體的聲音，然後順著吸呼節奏調整律動。不依靠外界秩序，我在身體裡尋找自己的四季。

呼吸，認識身體、尋找自我的起點。

3. 鬆

放鬆，瑜伽的裝備。

因為期末考周，長時間蟄伏電腦桌前，心理太緊繃了，身體也連帶變得硬梆梆的。導致有些瑜伽動作竟難以舒展，微萎縮的肢體，像一株半枯的枝枒。老師輕輕下壓我的左手肘，「放輕鬆！」

放鬆，其實是需要練習的。

我很容易焦躁，這樣的情緒往往將生活變得僵硬，缺乏彈性。我聆聽教室音響播放的音樂，試圖放鬆自己，而不是壓抑。放鬆，關於身體，關於心靈，關於生活。

換一個姿勢，我重新調勻呼吸，學嬰兒，放鬆而柔軟。

4. 樹

瑜伽有一個動作：單腳站立，就是一腳腳掌貼住另一腳的大腿，然後雙手合十。這個動作看來簡單。瑜伽老師說：做這動作時要想像自己是一棵樹。然後在冥想時，上半身慢慢向上延伸，下半身撐住身體。

這個動作確實像棵樹。細瘦的根柢，馱負茂密的枝椏。我認真練習當一棵樹。才站一會，我的腳掌已微微顫抖。再一會，我開始感受身體重量正迅速下壓，那隻腳像撐起萬噸巨石。身體開始晃動。我的腳掌心用力抓住地面，腳背因此拱起，像從地面隆起的樹根。

老師穩住我的身體，說：「把重力放在上半身，想像自己像一棵正在延伸的樹。」換隻腳。闔眼冥想，其實我更想習得大樹的特質，無論風雨多大，終能屹立不倒。

在瑜伽墊上，我想像自己是一棵樹。扎根，穩穩地。

5. 摺

瑜伽有很多身體對摺的動作，以腰部為中線，上半身緩慢貼近下半身，雙手觸碰腳尖，像對摺一張紙。然而，要完美對摺紙張並不難，要對摺身體可就沒那麼容易。我得使勁力氣下壓身體，讓胸口貼住大腿。

那動作需要靜置一段時間。因為靜止，我第一次認真看我的腿，然後視線一路往下，滑過小腿、腳背，來到趾尖。發現皮膚多了幾塊疤，發現左腳因穿高跟鞋而有點變形，發現趾甲長了需要修剪。

身體也會變。我驚覺長期忽視自己的下半身。

起身、對摺、下壓。原來，每一次的對摺與靜止，都是一種讓自己跟身體親密接觸與重新認識的方式。

6. 顛倒

瑜伽課程的後半期，老師增加新的且進階的動作。我跟著老師的口令，微微彎曲張開的雙腳，身體朝下，胸口貼住大腿，把頭頂住瑜伽墊，身子呈現三角形。

老師說，「別擔心，身體放鬆，讓地心引力幫忙。」

地心引力的關係，這姿勢變得頗穩。我的視線從跨下看出去，世界易位，天花板翻轉為地板，地板翻轉為天花板。玻璃門裝飾的聖誕樹與耶誕帽，以華麗卻奇異的姿態，懸在半空。地心引力彷彿是另一種磁力強大的吸鐵，把桌子、椅子和人全吸到了上頭。在這個顛倒世界，翻轉了習慣，翻轉了日常。我位居天的彼岸，進入一個立基現實，又游離現實的視界。

據說，這個姿勢會因血液逆流，具有回春功效。

想起幼時我也曾把頭頂住巧拼地墊，看這世界。熟悉的環境因為顛倒，變得陌生有趣。我邊翻轉邊吃吃地笑。沒有人知道我為什麼笑。他們不曉得自己已經變成滑稽新奇的事物之一，他們不曉得我找到另一個看世界的路徑，正洋洋自得。

顛倒，把時光逆回幼年。

現在，我把頭頂住瑜伽墊，體驗另一個觀看世界的方式。那世界，我似曾相識。

7. 空

練瑜伽的時候，我的腦子彷彿被拋擲在鴻蒙宇宙，沒有風景。時間感消失，我處在無垠的空間，觸不到時間的前沿與終點。單純的，放空。

平時，我的腦不太容許放空。沒有閱讀、書寫的時刻，仍舊潺潺產出各種幻想，比孩子吹出的泡泡還多。更累的，幻想入夜後，變成夢，窩藏在睡眠裡面。我得跟它角力，或者合演。

在瑜伽裡，我專心聆聽音樂，聽老師的指令，像個孩子，專注於自己的呼吸起伏，隨老師口中念的節奏，1——2——3——4——5——，延伸肢體，沒有雜念與罣礙。我回到孩提般，認真地做一件事，無須思考接下來的應對，讓腦子休息。面對前方，無所畏懼。

1——2——3——4——5——，噓，讓我們單純的——空。

8. 大休息

瑜伽結束前，我們躺在瑜伽墊上。這有個術語，叫作大休息。大休息，讓自己放下身上的負累，暫時鬆懈，像熟睡的嬰孩，穩妥地。

我們休息，闔上眼，澈底放鬆，澈底放空。老師把電燈關掉。黑夜裡，毛細孔張開，感受靜謐的空間，一陣從窗外飄來的微風，螞蟻從手掌邊緣爬過，感受世界正在流動。那時，耳朵也變得靈敏，我聽到自己的呼息，聽到噗通的心跳聲由快而緩，或者聽到隔壁同學移動腳的聲音。

我躺在瑜伽墊上，大休息。將身體的全部、重心都平放地面，想像自己躺在草原，聽嚶嚶鳥囀。想像，把身體交給地板，交給天地。然後，對於陌生、堅硬、微冷的地面，舒張所有不被言說的祕密。體溫一點一點從身子淌出，沉澱在瑜伽墊上，復由瑜伽墊傳回到身體。循環。融為一體。

「我們學著相信瑜伽墊。」我們學著相信黑夜，相信不透過眼睛而體察的世界。

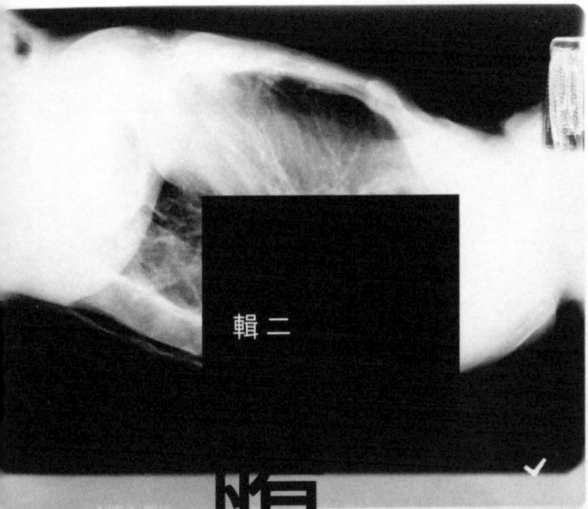

輯二

腹帖

我有一時，曾經屢次憶起兒時在故鄉所吃的蔬果：菱角、羅漢果、茭白、香瓜。
凡這些，都是極其鮮美可口的；都曾是使我思鄉的蠱惑。後來，我在久別之後嘗到了，也不過如此；唯獨在記憶上，還有舊來的意味存留。他們也許要哄騙我一生，使我時時反顧。

——魯迅《朝花夕拾》

火車便當

我總是害怕搭火車，那行進間的車聲，彷彿在召喚鬼魅似的，以及行駛的路線，皆在荒蕪的地方，特別是山間小路，莫名令我聯想自然災變的畫面。因此我幾乎只搭乘客運，這回，為了一個重要赴約，偏偏可以的時段，班次全都客滿，只得匆匆改搭火車返校。

許久沒搭火車了，一切變得生疏，看著螢幕上的時刻表；買完票，踏上月臺，才發現進站前忘記看電子看板，我壓根不曉得自己的火車在哪一月臺，心慌，在各個月臺亂竄，怎麼一條返校之路變得這麼驚險可怕，彷彿一條永遠也到不了的崎嶇彎道。就這樣幾經波折，才終於搭上火車。

假日的車廂總是擁擠，要走到自己的位置可真困難重重，明明座位就在視線之內，只稍幾步路就可以抵達，而今卻幾乎舉步艱困。

「啊，抱歉」，一不小心右腳踩到其他旅客的鞋，只見那隻白布鞋立刻蓋上黑色印記，像快遞的明信片上那一個圓圓的黑色戳章，我盯住這隻準備要流浪的白鞋，究竟這隻鞋要寄往何方？

「啊，抱歉」，左肩的背包擦撞到旁邊的婦人，她立刻拱起右邊身子，護住左方的小孩，並且驚起一雙銳利如豹的眼光，看了我一眼，又即刻低下頭和小孩說話。

「啊，抱歉」，竟沒發現腳邊立著一個寶特瓶，沉濁的聲響，寶特瓶應聲倒地，當我欠身拾起，才發現瓶子的主人是一個打扮時髦的大學生，帶著大大的白色耳機，面無表情地一手伸出接過我手上的寶特瓶，轉過頭去，繼續他的世界。

終於來到我的座位上，上頭已經坐著一個約莫四十歲的中年人，隔著一張報紙，只見一片油亮的烏髮，未見其貌，我說了最後一聲「抱歉」。他把報紙放下，看了我一眼。

「這是你的位子嗎？」

「是的。」

我立刻亮出手上的車票，他慢條斯理地收拾好公事包，起身離開，往下一節車廂流浪，多像個遊牧民族啊，一處接著一處，找尋一個暫時休息的位子。而我只記得那雙淡漠的神色，以及他留下座椅上那熱燙的溫度，我也疊合上我的體溫，無數個陌生人的溫度，繼續增溫。

車過臺中，也約莫是晚飯時間，販售便當的推車還未未走完整列火車，便倏地銷售一空，我捧著推車上最後一個便當，準備大快朵頤。赫然，一團黑影靠近我。進入眼簾的是一雙泥濘的涼鞋，鐵灰色的工作褲，以及一件白色的微皺的汗衫。何來一位中年男子，散發俗鄙的氣質。

他微縮起肩膀，靦腆地向我說：「能不能跟你買便當？我兒子非常餓了。拜託你。」我順著他手指的方向，椅背上露出一對大眼睛，盯著我們看。我看一眼便當，把盒子蓋上，決定給他。他不斷向我道謝，然後捧著便當盒回到座位。

我揚起頭來，宛若看著另一個人似的注視著他。

他們只買了一個位子，而他始終是站著，讓兒子坐。他捧著便當蹲下，小心翼翼打開飯盒，撕開塑膠套，取出竹筷，夾了一塊肉給他兒子。也許是兒子吃東西速度比較慢，他就跪在地板上，慢慢餵他。

過了許久，兒子吃飽了，他哄他睡著後，自己盤腿坐在地板上，把剩下的飯菜通通扒光。吃完，他用袖子揩了嘴巴，把便當盒蓋上，放在一旁。他又站起來，從上方的架子取下麻布袋，從裡頭拿出一件外套，蓋在兒子身上。這情景深切且清晰地烙印在我的心版上，同時我也意識到一種無以名狀的感覺正從心底冒出，漫漶。

他繼續站著，看窗外。一大片長滿蘆葦花的荒地，白茫茫的，初看似一片乾淨的雪國，風吹過，似浪，我聽不見外頭的聲音，只能猜想花梗之間摩擦的音律，那不一定要有特殊的節奏感，有時候即興的感覺也很美。

中壢火車站到了，下車前，我刻意走過那對父子身旁，把錢還給那個父親。我們相互推讓了一會，最後他才把錢收下，依舊是瑟縮著肩膀，靦腆地向我道謝。也許我們會記得彼此，也許我們很快就忘記。其實，我們不過是最澈底的陌生人啊。

我匆匆跳下火車，終止惶惶的恐懼感。而火車在鈴聲響起後，繼續往前進，朝向遙遠的七堵，載著那個空掉的便當盒、沾滿汙泥的涼鞋、以及椅背上一雙清澈的眼睛……，繼續，前進，然後在月臺消失不見。

青木瓜宣言

中午，步出校園，越過馬路，水源市場附近條條窄仄的巷弄內，匯聚許多泰式餐廳，那菜餚帶著酸辣、濃烈的口味，頗適合燥熱難耐的炎日食用。

滾燙的陽光，不斷蒸發我對食物的渴望，我的胃開始有些飽脹難耐之感，縱使有些飢餓，卻始終吃不下。我們隨意挑了一間泰式餐廳，所幸涼拌菜餚不少，便一口氣點了三道冷盤。

我仍舊記得那道涼拌青木瓜絲。老闆大力推薦，表明廚師使用泰國的魚露、檸檬、番茄丁、水果糖等調味，因而當我將青木瓜絲挾入口中，一股檸檬清香在口齒間瞬息宕開，再咀嚼一會，清脆爽口，脾胃大開。

席間，男性友人笑鬧要我們女生多吃些，讓乾癟瘦弱的身材擁有波濤傲人的可能。補腦不比補胸重要。

友人戲言那句難以忘記的廣告經典臺詞，從耳畔幽幽傳來：

「二十五歲以前喝，都來得及！」

一場夢魘。

過去很長一段時間，打開電視，青木瓜四物飲的廣告熱力放送。女孩穿著深V的粉色上衣，經過男孩面前，那傲人的身材——雪白酥胸，及那條清晰的深溝，在柔嫩的粉紅衣服間被襯得誘人。因此，廣告裡的男孩為之怦然，對女孩猛獻殷勤，以博得美人心。

然而，我的青春歲月到底是不懂曼妙身材的好處，反而擔心隆起的胸、突出的臀，並未享受男孩們的百般討好，而是憂慮那偶一停佇在我身體的奇異目光。

我猜想，那支廣告的導演或編劇必定是男性，應不曉得女性面對身體變換的驚惶心情；甚且還放大了以色媚人的副作用，青木瓜儼然成為一種挑逗欲望的媒介。

其實，初發育的女孩並不明白，那雙蛻變的乳房，可能將是世俗衡量女性美醜的準繩之一；卻總是駝著背，深怕身體變化引來周遭眼光的側目。因此，即便在熾熱的夏日，也要在制服內加一件背心，不只擔心薄透的制服清楚可見那內衣的顏色與形狀，更提心吊膽男女同學間互彈內衣肩帶的把戲。於是，女孩開始穿著鬆垮的服飾，遮掩住正蓄勢待發的成熟氣息。

回憶從國中開始，每回經期結束後，媽會特意上市場買青木瓜的「貼心」之舉。那幾日，餐桌上必定會有一道青木瓜料理。媽刨去青木瓜外頭的綠皮，留下裡頭晶瑩的果肉，如玉一般潤澤的形貌，漾著黃綠暖意。

有時，她把果肉切成塊狀，和排骨或者魚肉置入鍋中，加水燉煮，熬湯抑或煮粥，青木瓜被熱得鬆軟，果肉本身的甘甜融為湯頭、滲入米飯中，未食，已先聞到清香；或者刨絲後添加百香果、檸檬汁，醃漬出一道酸甜兼備的涼拌沙拉；或者沖上一壺青木瓜茶，木瓜和茶葉香氣結合，使得茶增添甜味。

有報導說，青木瓜能夠刺激女性荷爾蒙生長，還可減緩經痛、順經，功能多樣，是女性保養聖品。尤其做為豐胸食材。

青木瓜，以青澀的姿態，滋補女性那半成熟的軀體，化為成熟與半成熟邊際的代言。

偏偏，青春期的我十分拒斥這些食物，不願食用各種關於青木瓜的食材，常和媽在餐桌上對峙，彼此僵持著吃與不吃，往往一餐下來，徒留怨氣，而青木瓜最後也全都入爸媽的胃袋。也許，除了果肉本身清甜的味道、鬆軟的口感，和平日吃慣的外食（酥炸的雞排、香甜的珍珠奶茶）相差甚遠，約莫是這些食物牽動著身體急速轉變的可能，在成長的焦慮下，顯得突梯。

那未成熟的話語，嵌合在圓潤的青木瓜中，透顯著女孩的青春絮語。

上了大學，搬入女生宿舍。因為宿舍並無男性，自然少了幾分警戒。特別室友們洗完澡後，不著內衣，只穿一件背心或T-Shirt，一雙雙乳房，或大或小，如未開的花苞，微微垂首。大家不時在聊天時，交換豐胸祕密，比較內衣品牌，爆料誰的胸部大或小、真或假，我才發現，過去難以向人言說的身體話語，赤裸裸地散漫在日常話題中。

令我詫異的，青木瓜竟是女孩的共同記憶。

室友N曾經告訴過我，她家種了許多木瓜，每年到了採收季節，幾乎餐餐有木瓜。不曉得這是否有所關聯，但只見她身材玲瓏有致，那雙完美的胸脯，總能吸引眾人目光，連女性都會多望兩眼。

N有時返家，會帶木瓜回來，分給我們吃。一次，N帶了一顆青木瓜，要我們品嘗。幾個女孩子在宿舍的簡易廚房裡，決定一齊烹煮青木瓜湯。有的負責削皮、去籽、切丁，有的掌廚，有的專門試味道，我們手腳生澀，並不俐落，舉手投足彷彿只是模仿或學習自己母親烹調的方式與樣子，揣摩烹煮要領。

初始，我們對於火候的拿捏並不精準，煮第一回，木瓜猶硬，湯頭仍如白開水，淡而無味；隨後，把火轉大，再靜置一段時間。只稍鍋蓋微微震動，打開鍋蓋看，木瓜早被燉爛，在鍋底糊成一片，挖一口，木瓜索然無味，但出乎意料地，湯頭竟香甜無比，木瓜的精華已被高溫悉數逼出。大家連喝好幾碗，讚不絕口，笑說這真是歪打個正著。

之後幾次，N陸續為我們帶來青木瓜。大家在廚房內，從手忙腳亂到慢慢學會抓住料理精髓，該加幾匙鹽，什麼時候轉溫火，要燜煮多久。到後來，彷彿資深大廚，也不必緊張多精準的調味、時間，游刃有餘地隨興做菜。

那時候，或許是因為時常打電話回家詢問料理方式，莫名的，和媽的關係有些親近，青木瓜串織起遠方遊子對母親的記憶。然而，自以為成熟的年紀，卻只是一種偽裝，像燉爛的青木瓜，周邊開始發黃，味道仍舊不對。

我從沒想過，曾讓我們母女倆對峙的青木瓜，有一天，竟轉為牽連起母女之間的橋樑。

青春期過後，我那趨近於扁平的身體，輾轉淪為被揶揄的對象。最可惡的，當大家紛紛推薦我食用青木瓜時，那廣告言猶在耳：「二十五歲以前喝，都來得及！」二十五歲好像一道關卡，在此之前，都有成長的機會。

二十五歲是少女與輕熟女的分野，佇立在分水嶺上，我感受青春，也預見成熟。

當年歲漸漸迫近二十五歲，青木瓜不過是青春的尾巴，想奮力抓住一些什麼，卻又感受時間以高倍的速率正在流逝，身體的精華期即將朝向靜止、而後衰落，時間如沙漏，篩去往日的絕代風華，剩下無能為力的倉皇。

近年來，我竟開始主動要求媽弄些青木瓜料理，她只是詫異我對於青木瓜的態度有所轉變，但應當不曉得，在擯斥與擁抱之間，都是我成長的焦慮。黃綠的果肉，映照出一個女子在面臨生命的轉折階段，或許曉得自己不再青春，身體即將定型而朝向毀壞；或許明白自己將跨入成熟的門檻，在半成熟地帶，與時間拉扯。

忘了從哪個年歲開始，媽會不時打電話問我回家時間，要幫我燉一盅青木瓜排骨湯，倒也不全然是為了豐胸，反而是預約母女聊天的時間。我一邊喝湯，一邊向她訴說學校生活，蹺課、夜唱、趕報告、衝演唱會……，她不曾體驗過的人生。那恬靜的流光，被我們小口飲食。那時我滔滔地說自己，抑或靜靜聆聽她的故事與生活。我們的談笑在清甜爽口的青木瓜氣味裡，擺盪開來。

媽常說小時候家裡窮，她和鄰居們會跑去別人菜園偷菜，她不清楚這些是什麼菜，便偷了回來，偷菜舉動讓她被外婆揍得半死。媽語氣平淡，彷彿過往那一切苦的、痛的、笑的、愛的，都與她隔絕，彷彿她只是旁觀者，流眄人生旅途，像那青木瓜氣息，回憶起來卻又清甜。

青木瓜之於女人，很多時候未必是一種追求美麗的補品，那投映出的往往是記憶與焦慮。我猜想那二十五歲以前喝都有效的祕密，也許只是女人在時間裡載浮載沉的證明。然而，我只是在面對成長時，偶爾憶起青木瓜，半成熟的宣言裡，有一些浮動，有一些寧謐。

相思豆

沿著高屏溪，蒼翠的萬丹平原，遠遠只見斗笠與白色塑膠桶穿梭田埂間。W姨說那就是紅豆田，幾年前，這裡因風災而幾乎成為廢墟，這裡曾經根苗飄零，家居一度崩解。我儼然要忘記那畫面，當時坐在電視機前，看老翁老嫗浮腫的雙眸，對攝影機下跪哀求，救救那片泥濘荒蕪的地土。很後來才聽說，泡爛的是一大片紅豆田。

近些年屏東開始在每年冬季舉辦萬丹紅豆節，將萬丹與紅豆勾連，把食物作為地方象徵。固然這是市政府推行觀光產業的一種行銷策略，倒也使得紅豆深具鄉土意義，別有一番人情味。逐漸地，我們在一年又一年歡鬧的紅豆季裡，彌合曾經腐爛、曾經地坼的災難痕跡。

紅豆，時而令我聯想是大地的血液，是人類的情感凝結。

你知道紅豆又稱為相思豆嗎？

相思，是對人，還是對土地，抑或是無以名狀的眷戀？

W姨非常喜歡紅豆製的食品，舉凡紅豆餅、豆沙包、紅豆麻糬、紅豆湯圓、紅豆年糕、抹茶紅豆冰淇淋……，都成為她的口腹之最，尤其是壓力大的時候，我不明白那是否為一種走避與依靠的僻靜處，但可以肯定的，那輾轉流為平衡情緒的媒介。

一段時間，她暫住我家撰寫畢業論文。午茶時刻，她從疊滿書本的房間走出，至廚房調煮點心，很常，是紅豆料理。

偶爾，我不用上課而待在家，安靜的空間原只有敲擊電腦鍵盤的急躁音頻，卻在午後增添音色：耳聞腳步從另一側延展到廚房，那鍋碗瓢盆的摩擦聲，反覆點綴寂寥的空間。這時，我從房門口便能望見W姨的側影，她圍起紅色圍裙，在流理臺、爐火前左右移動。我只稍移開視線一會，廚房內飄出香氣，誘人往餐桌一探究竟。

「紅豆對女生身體好，多吃點。」W姨邊說邊盛了一碗熱騰騰的紅豆湯給我。

我打撈一匙，透亮的紅豆，彷彿凝固的血液。紅豆補血。女性每月從體內流出經血，喪失的部分，透過形似的食物，填充等量的空缺。吃紅色的食物補血，補償似血的紅豆，構成失去與獲得的迴圈，一種顏色食療。

喫一口。綿密鬆軟的紅豆，摻雜一點纖細豆沙。其實，豆味並不濃郁，倒是如蜜般的甜味蕩漾舌尖、齒間，然後滑溜入喉。幾乎要人難以辨識那甜是屬於紅豆本身，還是糖。

長久以來，我以為紅豆應該是冗忙生活中的甜蜜時光，療養流失的那些，包括身體，也包括心理的養分。有天W姨問我：「你知道為什麼紅豆又叫做相思豆嗎？」

紅豆與相思，僅記得王維在那首膾炙人口的〈相思〉詩中，將南國的紅豆，言為「此物最相思」；或者林夕為王菲〈紅豆〉譜的歌詞：「還沒為你把紅豆熬成纏綿的傷口，然後一起分享會更明白相思的哀愁。」（雖然古典文學中的紅豆並不一定等同於食物上的紅豆，比如王維指的是另一種紅色豆科植物，但形色和紅豆頗為相似。如此，點點紅論形論色好似湧動的血，凝固的硃砂痣。）怎麼看，何以紅豆都是一場情感悲劇，是空缺，不是補缺。

面對W姨的提問，我搖頭。

那一陣子，W姨和她交往多年的男友分手，鎮日流淚。我見到她時，眼睛爆滿紅色血絲。月老的紅線斷碎在眼球裡面。

如果紅豆能馱負情思，紅豆中間的一道白線，預留好的裂口，有情之人在那白線裡面貯藏思慕，熱烈的鮮紅因漫長等待而沉澱，累時轉為暗紅。紅似血，凝鍊成跳動的心。沸騰的水分進入肚腹，白色的裂口一一剝解，於是，剛硬轉為柔軟。情人在柔與爛之間，調整溫度，或者猶硬，或者過熟，尋找柔嫩的定位。我看見Ｗ姨的身體內嵌住紅豆，在肋骨之下，於太過沸騰的溫度，淌出紅色汁液。

只是，我仍舊不曉得，紅豆為何喚為相思豆。沉默一段時間後，Ｗ姨點點頭，或許她懂了，在那場失敗的戀愛裡。廚師也得歷練各種嘗試與調適，才成就一手好料理。

不短的失戀時間，Ｗ姨只煮過那麼一次紅豆湯。

某日我返家，見廚房內泡著一碗未煮的紅豆，一粒粒暗紅的橢圓豆子，石子一般，沒有聲息，沒有氣泡，沉沉地浸潤在水中。向晚，夕照不偏不倚半籠塑膠盒左邊，波光粼粼的水面，紅豆照得熱而亮，如金。彷彿一場煉金術。在漫漫等待之後，準備入鍋冶煉。

忘了什麼原因與動機，我決定向Ｗ姨學做甜點。我始終記得第一道甜品就是紅豆芋圓湯。Ｗ姨將泡水的紅豆瀝乾，徐徐倒入鍋中，添水加熱。不一會，染紅的水面，開始冒出氣泡。她順手取了湯勺於鍋內攪拌，掀起暗紅漩渦，鍋內豆子相互撞擊，加上滾燙的熱水，靜置數小時，紅豆的軀殼變形。用勺子撈起，紅豆鼓脹著，皮膜轉為深紅軟爛。

從挑揀紅豆開始，泡水、烹調到起鍋，W姨迅速俐落地完成，不過，看似簡單的流程，卻帶有精密的步驟，好比幾分之幾杯的紅豆配上多少CC的水，紅豆需要燜多久才會比較軟爛……。不過，W姨做事情總是量化思考，每項步驟都要求與計畫絲毫不差，包括她的人生。

「三十歲結婚，三十一歲生孩子，三十三歲再生一個，最好是一男一女，可以在三十五歲以前買房買車，……」

精準無誤的規畫與實踐。我從不曾問過她，人生是不是真的可以量化而行？就像每一次烹煮，即便按照食譜，也會有走味的時刻。那麼，她允許每一個變調或偶爾歧出的命運嗎？我不敢問她，那場戀愛與分手，算不算。

即便甜品可以量化製造，但是味道則需要一點祕訣，而這才是使甜品有生命的訣竅與方式。

「甜品需要有一點反差的香料調和，才能提味。」W姨在紅豆湯內撒了些許鹽巴，這是她的獨門料理偏方。

一道甜點，逆向加入截然不同味道的佐料。我不知道原來突出味道，不是一味地強化那氣味，那只會變得厭膩，而是尋找相反的味道，讓衝突感提起那氣味。多變的味道裡，由味蕾捕攫甜，這尋找的過程甜味顯得獨特。或許，甜蜜的情感，也需要一點反差，提醒自己戀人與愛情原初的樣子，同時，在提味的過程，正反合而形成圓，如太極。

可能，人世滄桑，也是一種生命提味吧。

我仍舊記得那場颱風，鎮日豪雨，堤防潰堤，橋樑被強力而猛烈的水勢沖斷，山崩、土石流，整座城市面目全非。W姨因突然其來的會議，困留北城，所以逃過一場劫難，但是她的親人護守家居，年邁的嬤嬤不願跟隨救護隊員下山，獨居田野，在那住了大半輩子的小屋撒手人寰。

我們坐在電視機前，一邊看新聞轉播，一邊打電話與屏東親戚聯絡，當知悉話筒那頭的情景，我們早已癱軟。於是，我們開始明白親情可以堅硬，但有時在產生質變時，人陷在裡頭變得脆弱；可是矛盾的，又必須毅然地剛強面對。

人世間總總情感，最慟的莫過於歷練生死，在艱困時，才知道自己多軟弱，或者多勇敢。紅豆的堅硬與柔軟，也是在沸騰的時刻，才知道那層轉折與變異。然後，紅豆煮熟，我們的心智也在反覆熬煉中逐漸成熟。

粒粒暗紅的橢圓豆子，沉沉地浸潤在水中，如凝結的血球，被湯匙撈起，隨湯水旋動，由口腔、食道一路墜落，最終滑出身體。食物遺下養分，補充營養與能量。

「紅豆湯對身體好，補一補吧。」我盛了一碗，戰戰兢兢請W姨嘗味道。不過，味道恐怕已經缺損、已經淡然，深化的是記憶中紅豆湯的甜味，彌補的是業已構成缺憾的親情。

她邊吃邊說昔日往事，邊說邊落淚。滾滾水珠，一顆一顆從紅豆般的眼眶溢出，一顆一顆地串成一道水渠。原來，破裂的紅豆裡，鑲著故事，關於遙遠的屏東，關於迢遙的童年。

可能紅豆之於W姨，不只是一種食材或食療，而是飲饌之間，食髓知味，鬆軟綿密的豆沙口感與氣息，勾連泥濘的田野，繾綣的依戀，經消化和吸收，成為生命的一部分。

你知道紅豆又叫相思豆嗎？

是的，我現在明白紅豆與相思之間的鏈結。

膠原蛋白恐慌症

我老了。

猛然發現不笑的臉上，現出兩道淺淺的法令紋，越看越對這難消的紋路膽戰心驚。老，是從皮膚表層開始的。

那陣子，我無心於手邊的工作和論文，只專心做兩件事：搜尋與觀察。

像得了恐慌症，我頻頻在網路搜尋抗老偏方，吃什麼、擦什麼、用什麼……，手邊抄錄密密麻麻的筆記，比課業還認真。某明星說生蛋白加蜂蜜敷臉可以抗皺；網友說把加熱後的茶葉和紅糖，攪入麵粉，常敷臉部能夠抗老；聽說醫學美容可以挽救，聽說……，我對於「聽說」起頭的訊息，深信不疑。

然後，開始留意各種美肌保健食品，在奇摩首頁瞥見柳燕老師推薦的膠原蛋白，這個廣告已經掛在網上好幾個星期了。斗大的廣告詞：「持續補充膠原蛋白，讓人更自信、亮麗！」配上柳燕老師專業的形象，多麼資本主義的商業行銷手法，可是，卻實實在在揭櫫輕熟女和熟女們心底的渴望。自信與亮麗，以膠原蛋白為媒介，從口腔進入體內，再反饋到皮膚上，充實結締組織內的膠原蛋白。偏偏結締組織裡滿是焦躁不安的細胞，時時跳動著、吶喊著：「我要年輕亮麗與自信。」廣告詞果真令人怦然心動。

不過，最易讓人微醺的，絕對是銷售員的嘴。

膠原蛋白早在生技產業備受矚目，廣泛應用於各種外服、內用的美容產品裡。幾年前，膠原蛋白還趨向外服，我被專櫃小姐口若懸河的介紹詞吸引，小姐取出試用前後的圖片強力推薦。人果然是視覺性動物，最後我狠狠掏出一大把紙鈔，買下整組膠原蛋白的護膚產品。覺得膠原蛋白擁有福馬林般的防腐作用，凍結青春膚質與肉身，永不朽壞。

偏偏我對乳液裡頭的某種成分過敏，不曉得膠原蛋白是不是真的正在增生，可以看見的僅是皮膚紅腫，得再花上一筆錢看醫生。膠原蛋白一度激起我反感的情緒。然而，那時仍舊年輕，仰仗年輕，所以不恐慌膠原蛋白流失。現在，反感歸反感，抗老的心緒和當年的反感程度不相上下。抗老，抵禦著年歲，也抵禦著正在增長的懦弱，那抹勇於變老的骨氣正成反比地退化中。

或許我們一生都在抗老，老，未必關乎年紀的，而是一種流逝感、頹敗感，而人世總總便是在老化的過程，喪失了某種彈性。那是人和人，或者自己和自己，像急速銳減的膠原蛋白，歷經挫敗、受難，表皮出現黯沉粗大的毛孔，一個又一個顯著的黑洞，藏著世故和冷漠。在照鏡的時候，突然發現，人生，需要拉皮。

又或許抗老的背後是一種尋尋覓覓卻冷冷清清的求索，努力在變異中追尋不變，不變的臉，不變的心，不變的感情，不變的靈魂，不變的末端是渴望永恆，渴望安定。我們抗老，源於我們眷戀恆常穩定的感覺，源於一種膠原蛋白恐慌症。

除了搜尋，我戴起墨鏡，走入人群，觀察軀體。

出門前，我對鏡，發現鏡片只能遮掩那一雙有如狗仔隊的眼眸，法令紋偷偷從鏡片下方流瀉而出，兩道淺淺溪流。我急忙用粉餅沾粉輕按法令紋，細緻均勻地將粉附著在皮膚上，讓時間穩妥地擱置在十七歲，陶瓷般的年華。然後一雙眼在墨鏡在粉餅的保護下，開始凝睇城市裡每一張正在行動的臉蛋。

捷運、公車或人行道，熙來攘往一群又一群嬉鬧的少男少女，或者俏麗的輕熟女和美魔女，他們上車、下車，向前、向後，離開我的視線。我仔細端詳每一張光滑無痕的臉，毛孔緊緻，膚色柔白，我曉得所謂蛋殼肌、瓷肌的膚況描述，並不是一種誇飾，而是懇切的譬喻。它鑲嵌在撲克表情裡閃閃動人，令人忍不住多看兩眼。哇，多麼棒的肌膚！他們從我身邊擦肩而過，然後漫漶在城市各個角落，像滑過手掌的流沙。

幾年前，弟去了趟日本。他在SKYPE上頻頻跟我們說他的同學赴當地美容診所施打玻尿酸和飛梭，臉煥然一新，變得美麗、精神，躍躍欲試的他詢問我們意見，答案當然被否決。媽皺眉反對：「男生打飛梭幹嘛，這錢還不如給我去做雷射、吃補品。」果然，弟回國時扛了一大堆從當地藥妝店購買的補品，忙不迭地告訴我們日本女孩如何保養，每日從早晨到睡前，口服Q10膠囊、左旋C糖片、膠原蛋白飲料、……，把胃變得像藥罐子。

初始我們認真執行，然而，吃了幾天就興趣缺缺，「哪有人把吃錠當作在吃飯啊！」我率先投降，幾天後媽也繳械。這些保健食品囤積櫃子裡，久久無人動它。或許，我們太沒有危機意識。

當我發現第一張強打醫學美容的廣告出現在公車車殼，穿梭大街小巷，高調宣傳某種時代隱喻——醫學商品化、年紀商業化。之後陸續聽見身旁親朋好友踏入美容診所，打肉毒、玻尿酸，做脈衝光、電波拉皮，刺激膠原蛋白增生，一張臉又重新活過。粉底不是年輕的保障，原來青春需要足夠的膠原蛋白。

去年，我隨A踏入美容診所，等候醫生看診治療的病患頗多，但那些臉並不醜陋，也不鬆垮，A說她們已經是常客了，一陣子都會回來保養。乍聽之下，美容診所彷彿汽車維修處理廠。我卻是被那些冰冷的儀器、可怖的聲光效果和昂貴的價格震懾，當場逃之夭夭。醫護人員不屑地望著我。我深知身後排著許多渴望青春的貴婦，她們正在和科學交易，用金錢換取膠原蛋白。相反的，診所用膠原蛋白換取貴婦們的臉，術前與術後，在廣告單上，成為診所業績的推手。

廣告太像一只填滿肉毒桿菌或是膠原蛋白的針筒，刺激蕭瑟的經濟組織，在委靡的經濟景氣中殺出一線生機，恢復年輕飽滿的狀態。

應該有一段時間了，父親說科學園區越來越荒涼，廠商外流大陸，資金和技術的流出，那外出的速度比日益削減的膠原蛋白更快，經濟的皮層開始塌陷，布滿皺紋。可是，近十年，臺灣卻突然出現一股奇異現象。越來越多醫生投入美容醫療，俯仰之間，整條馬路秀出諸多整形外科診所的招牌。越來越多女性走入診間尋求一張精緻的臉，進入、走出，刺激消費。看來，經濟回春也需要膠原蛋白。

臺灣經濟，患了膠原蛋白恐慌症。

好些日子，我為了那兩道法令紋，乖乖食用膠原蛋白錠，大啃雞爪、吞豬皮、吃軟骨，咬得整口油油膩膩。我也擦保養品，消除老化痕跡。甚至焦躁到每隔幾小時照一次鏡子，補擦乳液，偏偏法令紋還在。來回數次，那像薛西弗斯神話，反覆把巨石滾上山，而巨石至山頂後復又落下。

膠原蛋白，使肌膚柔嫩彈性，呈現健康亮麗的氣色。可是，根據一篇研究報導，使用膠原蛋白，並不會因此減少臉上的皺紋。一瞬間，信心崩塌。心理所依賴的，原來是虛幻之物。因而當我攬鏡自照，用化妝棉輕柔卸下妝容，兩道法令紋現出。我老了，鏡子投射出膠原蛋白匱缺的靈魂。擦膠原蛋白，只是在心底敷上一層安全感，它不抗老，是抗恐懼。

那麼，滿街林立的整形美容診所，是不是說明膠原蛋白恐慌症已經蔓延島嶼，反映出我們的焦慮、膽怯和脆弱？

我數次經過社區附近的整形診所，透過大片落地玻璃窗，望見裡頭的人，張張焦慮的臉。再定睛，玻璃窗疏映我的面孔，不偏不倚疊合在女人的臉上，有點後現代。我向後退了一步，我的臉離開了她。

也許那些於診間外等候的女人根本不老，也許她們已經老到剩下一副充滿膠原蛋白的青春皮囊。

實則，那一張又一張精緻的臉，有時候是重疊的，沒有血緣卻很雷同，如某個刻膜壓出來的。我想起網路流傳一則笑話，韓國舉辦選美比賽，選手佳麗一字排開，卻是如出一轍的臉蛋——Q彈水嫩的肌膚，高挺的鼻子，櫻桃小嘴，兩丸透亮又大的眼睛。後來，主辦單位選出的后冠佳麗，竟然是一名其貌不揚、肌膚暗沉、長青春痘的女子，跌破眾人眼鏡。選上的理由很簡單，只因為她長得跟大家不一樣。我詫異，得獎的原因，竟是創意的容貌。美麗可以淪落為凡庸，醜陋可以揚升為超俗。汲汲營營的年輕美麗也有令人落馬的時候。

一次，我在雜誌上看見奧黛麗赫本晚年照片，即便臉上長滿皺紋，乍看像蜘蛛在臉上結網，而赫本微笑以對，也許她曾經掙扎過，也許她坦然接受，那抹微笑亮著某種溫情與自信，赫本仍舊美麗氣質。顯然，在赫本身上，膠原蛋白的流逝並不意味著人類老化或衰敗，反而令人思索如何在心靈囤積足夠的膠原蛋白，厚實信心和愛心。

我總算明白膠原蛋白恐慌症的發病原因，在於疲弱的心智。

我老了。當我發現老的真正原因。

可能，讓毛孔粗大、膚況黯沉的，以及讓膠原蛋白增生、肌膚重生的，其實來自於同樣的東西。

洛神花之味

仲夏之初，我接獲友朋邀約，去了趟花東縱谷。踏出花蓮火車站，直見嬝繞雲霧的中央山脈，視覺清涼，但襲來的卻是熱氣。朋友P在東華念書，抱怨每年中暑不消說，豔陽曬得人身上的皮都一一脫下。花蓮真的太熱了。

前來接送的計程車司機，見我滿身大汗，說：「夏天來我們花蓮，就要喝上一杯洛神花茶，消暑氣。」我二話不講，岔出行程，立即要司機推薦一間茶店。想身上的餘溫，都讓洛神花茶滌淨。

我一口氣喝光洛神花茶，酸甜合度，搖晃透明塑膠杯，杯底散著幾枚洛神花殘骸，暗紅偏黑，蜷縮花瓣，溺斃的模樣。我以為洛神花應該長得近似向日葵，彷彿小型雷達，偵測太陽；雖不至於那般朝氣，在功能上，那落入茶水的洛神花，應該尋到體內熱氣，悉數逼出後，只留沁涼。

每年自深秋徂初冬，花東縱谷種植一畦畦嫣紅的洛神花田。問了當地人洛神花的名稱由來，是從英文Roselle迻譯而來，雖有玫瑰之像，卻少了點本土韻味；所以我更喜歡另一種想像，關於華人神祇的聯想——洛神、花，多麼神話的命名，彷彿花神下凡，生長在純淨的壽豐鄉。壽豐，長壽與豐收，勾連起桃源仙境。想起曹植〈洛神賦〉，把洛神描寫得優雅美麗：「肩若削成，腰如約素。延頸秀項，皓質呈露。芳澤無加，鉛華弗御。雲髻峨峨，修眉聯娟。丹唇外朗，皓齒內鮮，明眸善睞，靨輔承權。瓌姿豔逸，儀靜體閒。」洛神的姿容體態，平行位移至洛神花上，食物變得富貴。

一直以來，以為只有臺東盛產洛神花（認知中迪化街的乾貨幾乎都打著臺東洛神花的牌子），殊不知相鄰於臺東的花蓮，亦出產洛神花。且無論特產店，或山居商店，都有洛神花的加工食品。

最令人訝異的，莫過於深開於慕谷慕魚的瀧澗冰店，在高山環繞下，周遭杳無人跡，這間冰店的存在已十分稀罕，我正好奇這間冰店的意義，司機好心勸告：「趁現在觀光客沒上來，趕快買冰吃吧。」我疑惑著。看牆上張貼手寫的價目表，價格不貴，點了店員主動推薦的洛神花冰。店員從冰櫃拿出微微沁煙的冰棒，深粉紅的色澤，只稍咬一口，即能吃到洛神花。我一邊賞景，一邊享食，風味皆宜人。過不久，山下的遊客一窩蜂地上山，冰店前門庭若市，像嗜甜的螞蟻圍攻冰城。那時，不單是洛神花的痕跡漫漫，人的足跡也浩浩。

花蓮應是洛神花另個故鄉了。

公正街附近的特產店，行過門口，店員大方遞來插著洛神花蜜餞的牙籤，那蜜餞的形狀貌似海星，入口，牙齒縱向切割洛神花，離析出甜酸氣味，確切來說，該是甜裹住酸。

那是另一種氣味，和婆婆釀造的洛神花不太相同。可能食物的風味是無固定的，隨著製造者悄然移換或轉變味道，讓飲饌者順服或抗拒，這選擇的深層條件，多半是熟悉感。

家裡常常有自製的洛神花茶，婆婆善料理，甚至把我們吃不完的水果、蜜餞，製成濃縮原汁。每次離家，她都會塞一大瓶濃縮果汁至我的行李袋，耳提面命有效期限和冷藏事項。

年節時，家裡收到諸多水果禮盒，還有迪化街的乾貨，短時間水果和零嘴多到吃不完。婆婆怕浪費，大量釀製了多種原汁，印象最常拿到的是洛神花和桑葚汁。她總要我拎幾罐濃縮原汁回宿舍，原意是要孫女獨享，無奈那微微發酵的氣息，醉人的香味，聞起來尚能接受；但原汁加水後，舌頭觸到微酸的味道，那微發酵的液體入喉頭，沿著食道，一路灼燒，如酒。我不喜酒味，遂將原汁取來和室友們分享。

想不到室友們愛不釋手，問了她們：「真的好喝嗎？」可是接收到回應卻使我驚奇，「妳不知道喝洛神花茶可以消水腫和養顏美容嗎？」問得我啞口無言（瞬間開始懷疑自己不是女生，怎麼對於美容資訊一點都不熟）。

除了味道，女生喝飲品常常顧慮食物背後的功能價值，比如洛神花可以補血、去浮腫、抗氧化，不用在意食物氣味是不是合於一己喜好。有時候，甚至懷疑這些女性飲料的暢銷排行，應該不全然是好喝程度，而是擁有多少價值功能。這樣的排行榜將隨著年齡的增長，其功能性越受重視。

然而，年少時，自己疏忽養顏美容，純粹因口感喜好而篩選飲品，恣意喝下珍奶、可樂、冰淇淋咖啡、奶昔，養飽嗜甜的味蕾，完全不在乎那些香濃甜蜜的液體是健康殺手偽裝而成，年輕有不怕病、不怕死的勇氣，而縱情暢飲，耗損精力。直到身體開始出現警訊，才幡然知道該戒掉甜品，回到自然、養生的軌道。

我放下過去，啜飲洛神花茶。

可是，無論多麼有益身體的食物，都可能具有反面的殺傷力。

P在生理期時喝下一杯洛神花茶，當天即刻腹痛難耐，赴醫院打了止痛針，回來後仍隱隱作痛。她瑟縮在床的苦痛模樣，彷彿泡水的洛神花，了無生氣。我們未曾料到洛神花看似雍容溫柔的姿態，卻隱含如此難以預期的負面作用。後來才知道一切源出於洛神花性涼的質地，導致子宮收縮，腹痛連連。洛神花依舊有其禁忌，對於孕婦與生理期，充滿威脅。

學過中醫的F告訴我，所有草藥幾乎都有毒性，所以千萬不要亂吃，也不可以過量。我們服用這些草藥，無非是以毒攻毒的方式在療養身體。因而洛神花在健體與傷身之間，如銅幣兩面。我納悶養顏美容的背後，是否有什麼條件作為交換的籌碼？

得與失，在天秤兩端點，總是要平衡的。

也許人事也是如此吧。

司機告訴我，他以前曾手頭闊綽，握有好幾棟房子，出門開名車，完全不似現在落魄。一切轉折在於答應入股投資親友的公司。初期公司營運狀況尚佳，半年後稍微獲得一點回饋。再隔不久，因公司希望赴大陸擴展事業，向他借了一筆不小的資金，他傾囊相助，但那親友從此之後音信全無。甚至，接獲風聲那間公司倒閉，遺下一大筆債務，可能會受到牽連，他典當最後一絲對於親情、人性的信任，封藏起熱情的性格，轉為冰冷。人的性情因外部世界而變異，然而，質地也許沒有改變。就像性冷的洛神花，不因加了熱開水而沖淡冷冽的本質。

那獲得的、失去的，在人情冷熱之間，洗練得圓熟，但也可能挫傷了熱情。人正如草藥，並不以完美的樣態存在，人與人就是在不完美與不完美之中，調整狎昵或疏離的間距，尋找人際平衡，療養每一個不健全的靈魂與身體。

離開花蓮之前，我在糖廠買下洛神花冰淇淋，這是旅程中最後一個關於洛神花的食物記憶。我細細嘗著酸甜的滋味，那絕非初戀的感覺，而是人世裡善惡混融的氣息，由我們恣意體驗所謂的酸甜。

杏仁

杏仁，被公認最令人喜惡分明的食材之一。

我對杏仁並無太大感覺，原因在於家中有長輩對杏仁敬而遠之，零食或飲品皆無杏仁，像禁忌。因此對於杏仁的長相和氣味懵懂，更遑論記憶。在我的認知裡，那是一種抽象的食物。

第一次「認識」杏仁是在北車地下街，從捷運站出來，旋即聞到濃郁的氣味，我無法斷言是香還是臭，只是覺得氣味特殊而霸道，但新鮮勝於批判。我問小詠氣味源頭，她手指了指前方賣杏仁茶的攤販，摀住鼻子大步離開。我看見透明桶子內貯藏著乳白液體，靜靜的，如嬰兒手中握住的牛奶瓶，恬淡而單純。不過，杏仁恐怕更為搶眼，隱隱躁動。像我初識杏仁的興奮感，在心底晃盪。

「你不覺得杏仁的氣味很像刷馬桶的清潔劑嗎？」友人小詠皺眉問我。

她是杏仁的頭號公敵，厭惡杏仁的指數險些破表。然而，這卻是我聽過最有創意的形容方式，不禁失聲大笑。日後，我特別聞了清潔劑的味道，似乎真的和杏仁有著一絲雷同。我好奇，是清潔劑萃取杏仁氣息嗎？如果是，為什麼要選擇杏仁？

還是，杏仁本身的氣味和清潔劑不謀而合，那杏仁可以清洗一個人的藏汙納垢嗎？

可能受到小詠的影響，我沒敢嘗一口杏仁，彷彿吃下去就如同在喝清潔劑，那畫面陰影一般如影隨形，想來有點可笑。直到成年之後，我才甩開陰影。在某次宴會裡，吞下一顆杏仁果。

其實也沒什麼，杏仁果就像一般堅果，沒有什麼強烈的氣味，完全不像地下街的杏仁茶那般突出，引人注意。我不排斥杏仁果，反而覺得淡淡的堅果香聞來挺舒服的，遂不由自主地多吃了幾顆。

我曾在營養學的書籍中，看過這樣一段介紹，說杏仁分成南北杏，北杏偏苦，適合製藥。南杏偏甜，適合做零嘴、甜品。特別杏仁往往製成杏仁茶，從老北京跨海到臺灣，成為一般夜市、店鋪常見的點心。無論南北，大抵來說，杏仁能降低膽固醇，預防動脈硬化。

我想起《紅樓夢》寫元宵節晚上，大夥兒準備看煙火，賈母忽然感覺飢餓想吃點東西。她撇下鴨子肉粥和粳米粥，獨獨選擇杏仁茶。我揣想也許賈母知道自己年歲已高，腸胃消化緩慢，所以宵夜不吃膽固醇高或易胃脹的食物，選擇能「止咳平喘、潤腸通便」（《本草綱目》）的杏仁茶再適合不過。又何況杏仁一向被視為宮廷美容聖品，多食防老，怎麼看，杏仁茶既能強身美顏又不礙胃，不致多吃幾碗就身材走樣，最符合上了年紀的賈母，不免讚歎曹雪芹真懂女人。

我喝過幾次杏仁茶。全都是萍水相逢那般，在舌尖偶然留下指爪，不著一縷眷戀。但開始喜歡喝杏仁茶則全拜碩士論文之賜。

我的碩士論文以媽祖為題，因此我走訪鹿港一趟。出發前，父親推薦我某某街上的杏仁茶，這間店在他內心的美食排行榜是前三名的。我應諾。

白日，我走訪興安宮、天后宮和新祖宮，然後轉向瑤林古街。在古街上見一間小茶樓，原是想進去參觀老建築，跨入門口，店內就像普通懷舊餐廳一樣，紅泥磚地板，一屋子的木桌木椅，牆上蓑衣、老電影海報和月分牌。不料店員小妹見我走近，立刻給了我一張菜單，我面皮甚薄，不敢闊步離去，傻傻地拎著菜單找位子坐。桌面放了塑膠墊，墊子下方竟是海尼根圖片，不中不西，頗不搭調，更不搭調的是一張極為現代化的菜單，價格也不親民。我為了湊足百元低消，點了一份核桃酥和杏仁茶。坐在老房子內，聞著微微霉朽的氣息。

不多久，店員小妹端著茶點上桌，擬古的瓷具，碟子放著四塊核桃酥，茶杯斟了杏仁茶，茶面撒滿米香。我喝了一口，和父親口述的杏仁茶相差千里。我注意這間披著傳統，挾著現代的茶樓，進出的多是像我一樣的旅人，沒有半個在地人。在地人還喝杏仁茶嗎？也許他們不會到這間店。

現代化之下，古早味已經淡薄，太依賴招牌字號反而讓我迷惘。尤其現在的世界裡時間已經不用走的，是飛的；日新月異，所以我們無時無刻都在懷舊，懷舊已經變成媚俗的商品。我們對於傳統越珍惜，被商人騙的機率就越高。就像現在我正在喝的這杯杏仁茶。

我想起漢寶德對於施叔青於《琉璃瓦》最後的浪漫結尾，提出切中肯綮的叩問：「這些觸發古物、古建築，真值得保存嗎？」以及「這些觸發感情的老環境，究竟是我們寶貴的傳統呢？還是我們落後的象徵？」當古街處處打著懷舊招牌吸引觀光客，我們的傳統變得俗濫。那招睞的姿態，反而把寶貴的文化拉向庸劣的經銷手段。

然而，我始終沒有找到父親說的那間杏仁茶店。

在鹿港的最後一晚，我徒步尋覓宵夜。街燈昏黃，路面映著野狗的黑影。我胡亂地走，這座城鎮的路不算大條，巷弄很多，在某條馬路旁，看見一個十分古早的攤販，沒有醒目的招牌，玻璃櫃內盛放剛炸好的油條，櫃子旁是大油鍋和杏仁茶桶。攤販在行道上放了兩三張摺疊桌和紅色塑膠椅。老闆是一對老夫妻，先生負責油炸，太太則處理雜務，端杏仁茶、灑掃和找零。他們十分熱情，和客人高聲聊天。夜晚的鹿港十分寧謐，一點點油炸的聲音都像雷鳴，何況人聲。

我點了一碗溫杏仁茶。送來時，老闆娘竟多贈我一根油條，直說：「這樣配才好呷！」這和老茶樓的吃法又不一樣了。我隨俗地將油條蘸一口杏仁茶，油條變得濕軟。咀嚼時，杏仁茶從麵皮流淌而出，盈滿口腔，這就是所謂的爆漿杏仁茶油條吧。

我從老闆娘口中知道鹿港的稜角。那年夏天臺灣接連受到颱風侵襲，颱風天做大水，老闆娘告訴我過去淹水的可怖情況，用手比畫淹水的高度，訴說一屋子家具要如何搬往高處。當時，新聞發布泰利颱風直撲臺灣，他們雖然擔心，卻相信媽祖婆一定會護佑地方。隔壁桌的老伯伯也插入我們的對話，談到災害，談到離鄉的兒子，他們都相信一切都有媽祖婆保護。無論日子再怎麼苦，環境再怎麼壞，總有那麼一個讓自己快樂的理由——感謝媽祖婆保庇。在鹿港小鎮裡，媽祖信仰是這群老人在精神上的支柱，生活的依靠。

鹿港的夜晚不算太熱，我一邊聽鹿港故事，一邊喝下杏仁茶，那溫熱的液體瞬間暖和我的身體，但不至於燥熱。其實，鹿港也不全然是施叔青、李昂筆下魅影幢幢的古城——走在斑駁發霉的青苔石磚道，好像隨時都要遇見鬼魂。我則是幾度錯謬地把杏仁茶和鹿港嫁接在一塊兒，覺得鹿港柔和可人，彷彿口中濃醇溫順的杏仁茶。鹿港令人難忘，如果要說氣味，應是令人喜惡分明的中介——詭譎與慈祥。

後來，我發現杏仁並非鹿港特產，在很多城市鄉鎮，杏仁茶都可能晉身為當地美食之一。新竹北門街有一間杏仁茶店，可惜我總是遇不到開店的時間，便擦身而過。臺北迪化街的永樂市場外，一間販賣杏仁露的小店，據說是報章雜誌大力推薦的，不大的瓷碗，底部沉著甜滋滋的紅豆，上面敷上一層杏仁露。但杏仁露可能經過稀釋而味道清淡，導致紅豆反搶了杏仁露的風采。

在臺南時，友人G帶我去五妃廟對街的甜點店，看著琳琅滿目的價目表，G大力推荐杏仁凍。這和永樂市場的杏仁露有點雷同，同樣在碗的底部置放甜食，比如紅豆、綠豆等，唯杏仁凍仍保有杏仁茶濃醇的香氣與味道，因而氣味並不會被紅豆掩蓋。無論滋味，抑或Q彈的口感，皆十分好吃。

偶爾我想起小詠形容清潔劑味的杏仁，不禁莞爾，會不會在我的潛意識裡需要一場洗滌，那種需求轉為食物補償。然後我在飲饌之間，除了生理的滌慮，喚醒原有機能，還沖刷積滯已久的酸朽情緒，召回愉悅的心境。當我每一次逃離困頓情境時，杏仁恰好挾著我暫時離開。它接隼憂鬱和快樂，並試圖翻轉兩者比重。

杏仁是行旅過站時偶然接觸的食物，卻莫名在我的味蕾住了下來。像收藏在紀念冊裡的一張相紙，讓我記起旅程的故事，也許是一個人、一條街、一處鄉鎮，在氣味裡悠然盪開。

我喜歡杏仁，精準地說，是氣味背後浮現的總總風景。氣息召回被日常漸漸淹沒的記憶，然而，杏仁又是多麼日常，那像某種幻術，從日常尋回非日常的故事。

於是，杏仁在我心裡有了確切的指涉。

消失的紅油炒手

我想，眷戀的紅油炒手可能已經消失了。

其實，也不是真的消失，而是怎麼也尋不著那樣的口感與味道了。

也不過是一道尋常的臺灣小吃，菜市場、路邊攤、小飯館等地方皆有，甚至還可以家裡自製。說穿了，只要把炒手弄熱，拌點紅油調味，作法不難，簡易又迅速，因而俯仰可見。

約莫識字以來，在菜單上看到紅油炒手的次數多得可怕，更可怕的是對於這道菜的幻想：究竟手要怎麼入鍋翻炒？那是怎樣的一雙手？炒出來會是什麼樣的呢？我頻問長輩：「什麼是紅油炒手？」「就是餛飩而已！這菜會辣，你不敢吃，別亂點！」噢，只是一般的餛飩哪，用這什麼詭異的菜名！然而，我從未主動點過這道菜，不因為怕辣，而是怪。

更怪的，我竟戀上紅油炒手，而且愛上的那個紅油炒手，並非稱得上是絕頂美食，更未臻至不吃會死的程度，可是卻怎麼也想不通，為什麼自己會著迷於那味道許久。

也許是當下「吃」的氣氛，也許是引介者的盛情力薦，或者是更多難以言說的成因，把一道普通的菜色上升成無與倫比的佳餚。

小時候常和祖母去市場，彼時市場還沒進行整合，市場大樓也還未搭蓋，攤販零零散散在巷弄內。祖母常去的豬肉攤販，緊鄰一間扁食水餃店，生與死、香與腥，形成一股迴然的氣味與景致。剛見攤販處理血肉橫陳的豬肉，用塑膠袋包起凝結的豬血、暗紅的心臟，仰頭繼續吆喝往來的人群。在市場，死亡是如此微不足道。肉身皮囊在靈魂消失後，仍繼續被人翻攪、遭人評價，「這肉質真好！」「這肉根本不新鮮！」從沒有人在乎肉身的這一輩子，究竟是快樂還是悲傷，當然，這好像也不需要知道。況且科學只證明到豬有情緒，卻沒進一步探究豬的情緒是不是會影響肉質。

隔了一塊木板，生肉化為熟食，那烹煮過的食物香味誘人。我望著氣味來源，雙腳不動了。祖母只好掏錢買一碗扁食共享。老闆將煮熟的扁食，添入大骨湯，撒上蔥花。肉球拖曳散動的麵皮，像金魚，擱淺在湯碗裡。無論在食物命名、視覺或氣味，都令人食指大動。

餛飩起源於華北，西漢揚雄的《方言》提及：「餅謂之飩」，餛飩原是餅的一種，唯餛飩包裹內餡，經蒸煮後食用，而以湯水煮熟的，稱為湯餅。古人認為餛飩是一種密封的「包」，和餃子並無太大差別。後來，餛飩在南方盛行，有了不同於餃子的形貌，於是從唐朝開始，人們才正式畫分且定名兩類不同的食物——餛飩與餃子。後來，我在上海吃到的餛飩大如餃子，和台灣並不相同，約莫即是如此。餛飩隨著地方衍伸不同稱呼，閩南人稱為扁食，在廣東稱為雲吞。相較於扁食給人一種平面、壓扁的想像（也確實扁食的大小比雲吞、炒手還小了一些），我最喜歡雲吞這個命名。餛飩飄飄的模樣確實如雲，雲吞，鼓起圓凸的腹部，和吃飽的幼童一般，微微脹起小腹，霎時又多了點稚嫩的可愛。

初嘗紅油炒手是在張夢機老師的家裡。那是老師頗喜歡的食物，是某菜市場內某間攤販做的。老師有時嘴饞，會請看護劉阿姨上市場時順道買些回來，並請我們一起享用。劉阿姨貼心地問大家：「紅油炒手要辣，還是不要辣呢？」實則，我並無吃辣的本領，原想回答劉阿姨要不辣的口味。但老師隨即說：「紅油炒手不辣怎麼會好吃！」只好硬著頭皮選了辣的。

那是一碗十分陽春的紅油炒手，打開盒蓋，只有炒手和辣醬。醒目地重點，沒有裝飾，純粹而簡單。炒手以圓鼓的碎豬肉為核心，麵皮邊緣因肉的形狀而捲曲而產生皺摺，乍看彷彿玫瑰，朵朵在碗內開花。

我夾了一個沾了紅油的麵皮入口，麵皮輕滑過嘴唇便能感到微微辛辣，再一步隱隱刺激著舌頭。隨後，辣彷彿滾燙的岩漿，迅速流遍舌頭，大面積地霸占味覺，激得舌面出現點點紅斑。終究吃不出鹹度是否適中，卻只能籠統地指出辣。

辣，既霸道，又如此鮮明，令人難以忽視。這樣濃郁的氣味，非常容易在記憶中存留下來。

越吃，我的嘴唇逐漸腫脹，一股熱氣蘊蓄口中，待嘴巴張闔之間，脫口噴出。辣在舌尖鑄下一枚戳記，彷彿灼傷，難以泯除的痕跡（事後，才知道我的身體對辣有著敏銳且強烈擯斥的生理反應）。

然而，一學期下來，幾次食辣味紅油炒手的經驗後，我仍不嗜辣，但每次點紅油炒手時，仍選擇辣味。

是一種習慣嗎？還是炒手、辛辣和老師已經捆束一起，成為某種公式？

火辣辣的觸覺從頭頂滑向腳尖。那是一個炎熱的早晨，臺北太像一個難以降溫的火盆。我在第二殯儀館外頭擔任收奠儀的工作人員，老師的朋友、同事、學生很多，甚且聚集赫赫有名的學者、作家；第一次親見張大春、張曼娟、吳明益……等名人便是在如此場合，竟看傻了。

左顧右盼之際，我瞥見老師的一位女學生，憔悴面容，身著墨黑衣褲，向我們自白：「這暑假本來答應要帶老師喜歡的豬腳和炒手去看他，可惜來不及了。」她問豬腳和炒手可不可以拿至靈堂擺放？當然可以！老師愛美食，愛到不顧身體狀況，他常向劉阿姨頂嘴：「美食當前還不吃，乾脆要我死算了。」現在，沒了約束，老師應樂不可支。

想著碩二下學期，我選修張夢機老師的杜詩專題。這堂課很特別，是去老師家裡上課。每個禮拜五，我和同學們清晨五點早起，搭校車、轉公車，前往新店的玫瑰城。老師嗜吃，每次上課都有新奇的食物等候我們。

學期末，老師正好新出《藥樓近詩》一書，並用上課的原子筆在扉頁替大家簽名。然後說暑假可以來趟玫瑰城，他要請客；話題順勢轉到下學期的課程，老師點名要我選修他的詩詞專題。語畢，搞笑地附帶一句：現在不修，以後就沒機會了。然而，那年暑假，老師就走了。好像沒有預兆，卻又似乎有點前兆。

追思影片內，最後秀出一張老師和我們的合照，李瑞騰老師說：「這是老師生前最後一張照片。」心底晃盪著微妙心情，好像欣賞一次華麗的煙火，觀賞稍縱的美，雖然不是永恆，卻賺得回憶，因而有點雀躍，又有點悲傷。

年初五，我搬入學校宿舍，為了趕搬宿舍，折騰一上午，完成搬遷竟也下午一點多了。因為年假，指南路上冷冷清清，唯獨一間專賣扁食的餐館開著。好吧，無論好吃與否，也只能硬著頭皮入座。

這間店從店名到菜單融合餛飩所有名字，扁食專賣店、紅油炒手和餛飩湯，滿足這些稱號背後的族群對象。獨自點了一碗紅油炒手，菜上來時，無論是擺盤或菜色都十分豐富。炒手的大小頗似溫州大餛飩，我咬了一口，肉質Q彈，配上豆芽菜和海苔，中和肉的氣味，也因豆芽菜和炒手的嚼勁不同，增添不同層次的口感。無論美觀，還是味道，相較於在老師家吃的紅油炒手，顯然勝了一籌。

一學期下來，我時常光顧這間店，只點紅油炒手。偶爾想起玫瑰城裡的那碗紅油炒手，乍然感受記憶已經淡化時間，幾乎沒注意到記憶發生的日子已經是四年前的事了。

老師走後，我再也沒去過玫瑰城。後來，搬到臺北。多次在公館看前往玫瑰城的公車從面前開過，多次在城市的市場遊走，想找老師推薦的紅油炒手，卻怎麼也找不到。後悔當時應該問清楚紅油炒手的來源。正因為後悔，我不斷尋找，彌補後悔。

試吃了許多次紅油炒手，仍遍尋不到那味道。不知道那間攤販是否還在，又或者已經沒了。舌頭留下的味道，竟成了召喚記憶的關鎖，而我正在尋找吻合鑰匙凹槽、式樣的鎖。但有時也會想，恐怕我記得的不是紅油炒手的氣味，而是那抹驟然消逝的感覺。

黑料理

老一輩的人對於黑是忌諱的，那代表著不祥、死亡、邪惡。可是在食物上，黑色料理翻轉了負面的意義。據中醫師說法，黑色食物補腎；西方營養師說，越深色的食物青花素就越多，越黑越健康。

黑料理，曖曖內含「光」——於我，那是一種班雅明所說的靈光——「時空的奇異糾纏：遙遠之物的獨一顯現，雖遠，猶如近在眼前」。

黑糖

那是不起眼的赭黑顆粒，粗糙、黯淡、低調，被封藏在透明罐子裡。

祖母從放置調味料瓶罐的架上取下罐子，打開瓶蓋，用小指蘸了一些，放入口中。轉頭把瓶罐滑到我面前，「呷一口。」我也學她沾了一點，那僅是單一的甜，不像其他糖果帶有水果、飲料的多重氣味。因為不花稍，成為稱職的烹調配角，鹹菜、甜品皆可，能適時的提味，不搶味。

祖母尤其喜歡在鹹菜裡放糖，油飯、豬腳、燒肉、A菜……，對於鹽巴和糖，她是混在一起調味的。母親吃不慣甜味的鹹菜，覺得詭異，她對於鹹甜有明確的分際，不著半點曖昧。

黑糖市價比砂糖高，所以祖母只買砂糖；掙多點錢後，她才敢買黑糖，並且少許的撒。「白糖跟黑糖加入菜裡的味道是不同的。」祖母解釋。她沒說怎樣不同，她也說不上來。也許嘗過、懂得的人才會明白那滋味，難以取譬，畢竟能形容出來的，都是最外層的，內在感受不落言詮。

祖母嗜甜。糖在她生長的環境中，是奢侈品。何況黑糖被視為高等的糖。日治時代，日本人拿臺灣生產的甘蔗製糖，好的糖納入口袋裡，或者外銷。祖母說小時候，她的哥哥跟鄰居去糖廠偷甘蔗，啃到剩一小節，揣在口袋，帶回給她。她喜歡吸吮那甜甜的氣味，短短一節，可以吃上半天。也許那是一種低調的奢華。

黑糖，富足的同義詞。

後來我才明白祖母奇妙的邏輯，加糖，不單純是提味作用，有時是為了展示自己家境情況。不過祖母終是疼我，她的黑糖罐只讓我吃。即便那糖不曉得存放多久，依然愛惜，一小指一小指的沾著吸吮。

我也嗜甜。但甜鹹之間，我謹守分際，沒有祖母濫情。多數料理，我是不加黑糖的，更多時候我是經痛的時候吃黑糖；或在天寒時，黑糖加入薑汁共煮，祛寒暖身。只是，我重口味，黑糖塊毫無忌憚地加。對於黑糖，我並非小心翼翼，反正吃完還可以再買。對於富足，我看得很淡。

長大後，我來到祖母的廚房，祖母不再使用的地方。沿著壁上螞蟻的路徑，尋到糖罐。玻璃罐經年累月孤身置於架上，粗糙、黯淡、低調，和瓶中的黑糖一樣，沉沉穩穩。我取下糖罐，打開蓋子，黑糖氣味不變，只是有些受潮的悶味。

我反覆把玩糖罐，到罐子倒過來，拍鬆凝固在底部的糖塊。想起年前我在臺南武廟前一間賣碰糖的攤販買糖，碰糖酥酥的，才剛入嘴，糖就化入唾液裡，很是新奇。

不過咬幾口後，有些膩了，我把剩下的轉給父親。他邊吃邊說：「黑糖是雙醣，吃了不易蛀牙。」我想像雙醣是雙層網袋，阻隔了各種侵蝕與破壞，它不易讓人蛀牙，也不易蛀掉往事。

黑木耳

那是個異常燜熱的下午，我和Y隔著紗門，看外頭雷雨滂沱地落在黑紗罩。Y

的家屬於農村，屋舍外有田地，想吃什麼就直接去田裡摘。

餐前，Y帶我去菜園看作物。我們穿起雨鞋緩緩走近。我看見有小塊地植栽木耳，這是初次在非菜市場地方看見生木耳，遂十分著迷。細觀粗木皮上冒出一朵朵，像我站在泥地裡撐起的黑傘。一片片，像樹木的大耳朵，偷聽人世流言。

Y笑我是都市俗，見過熟木耳，沒見過生的。其實，我不只是都市俗，還是廚房俗。在認識Y之前，沒掌廚的我，幾乎不諳各種食物長相。有段時間，Y領我在田園裡識菜，然後學煮農家菜。

我不只一次想起國中家政課，期末的烹飪習題。我們這組決定木耳炒肉絲和羹湯兩道。兩道菜的食材取得並不難，都是冰箱隨手可得的，料理也輕而易舉。

那是興奮凌駕於緊張，遊戲超越專業的一次烹飪。

在小組中，我被分到處理生食。同學把洗淨的食材放到砧板上，那濕軟的木耳，攤在面前，乍看似一顆真空壓縮的紙片心臟。我撫觸那片心，將其切成粗細不齊的絲。然後是豬肉，我左手按住肉，右手執刀切絲，邊切，豬肉幾乎被施力過當的手壓扁。連蔥段也長短不一。

然後，醃肉醃得亂七八糟，遑論後續的炒菜、調羹湯勾芡等等，原以為萬無一失的烹煮程序早已偷偷走了調。掌廚同學無端把剩下許多的木耳轉給我，要我資源回收，把木耳絲切得更細，放入羹湯。

這種作法其實很詭異，按照新竹傳統，羹湯根本不放木耳，而是放高麗菜葉，配上魷魚、魚漿、肉酥等料，在半透明的湯水裡，食物穿上一層滑不溜丟的勾芡，潤濕骨皮。在城隍廟的小吃區裡，它有個俏亮的名字——ㄍㄜㄍㄜ羹。

木耳破壞了我們對ㄍㄜㄍㄜ羹的印象。不過，後來聽母親說板橋的羹湯是會添木耳的。我們創造了混血兒羹湯，像我一樣，混新竹和板橋。那絲絲木耳黏稠地和入新竹傳統裡，看久了倒也習慣。我們試吃之後，味道、口感竟不怪異。木耳出乎意料安安穩穩成為新竹羹湯的一部分。

像我的母親。

來到新竹之後，母親得隨時微調生活、品味和習慣。開始學習騎摩托車，取代班次疏疏落落的公車；取消上美容院打理難以梳整的捲髮、高高的半屏山劉海，剪了一頭耳下五公分的妹妹頭；櫥櫃那些衣物，菜市場的衣衫配件已經把百貨公司的進口洋服驅趕至邊陲⋯⋯。一點一點收拾小姐生涯的絢麗，和一般的主婦們進出廳堂、市場和廚房。母親的改變不只是因為新竹，而是新竹的家庭主婦生活。

久了，返回板橋時，竟對於地方生疏不已。她看著捷運出入口，一號、二號、三號⋯⋯路口左右秀出亮黃的大標示牌。抬頭，啊，馥華飯店。她離開之前沒有捷運，回來之後，捷運開通，她卻從沒搭過。甚至娘家外頭的鐵軌與菜園悉數拆除，興修起市民大道，絡繹的車潮，她望著外頭，還錯繞了路口。「板橋現在變得這麼繁華了！」離家久遠，板橋已經不是板橋。她的口氣中雖欣喜卻醞著悵然。

可是她仍舊記得油庫口麵線、市場裡的羹粄條，記得燙口的軟爛麵線、爽脆的木耳，遠一點到萬華夜市的碗糕、胡椒餅和八寶冰。這些還沒改變的（除了價錢），成為她抓住板橋的一根木樁，證明自己曾經居留此地。

母親可能沒有意識到，自己早就綿密柔滑地融入新竹，沒有突兀。

我和Y摘了些木耳和青菜回到廚房。Y洗淨木耳，我拿起一片，左手做貓爪狀壓住木耳，右手迅速切絲，然後抓起砧板上齊整條狀的木耳，放入滾開的熱水汆燙；同時，另一邊開火準備炒青菜。兩個鍋爐，有條不紊地輪番使用。

回頭，木耳在鍋中啵啵啵地翻滾，沉浮之間，似鍋中舞起片片美麗的瓣膜。看著看著，突然訝異自己竟在不知不覺中褪去生疏，習於烹煮。想起過往，憶起母親，女人如木耳，在鍋水裡飄忽迴旋。

二黑散

二黑散，是生機超市的小姐告訴我的。

那日，我蹲在餅乾區選取洋芋捲，小姐遞了一小紙杯的青黑色液體給我試喝。

「試喝看看，很好喝喔。二黑散。」我有點遲疑。二黑散？老實說，我只聽過張國周強胃散。我緩了緩，猜想是針對胃的嗎？

小姐又複述一次，且更為仔細。她解說如何沖泡，順帶解釋二黑散。「二黑散是青仁黑豆粉加芝麻粉泡的。黑豆抗氧化、防腦老化，芝麻補鈣、黑髮。對身體很好。」二黑散總算在認知中有了點輪廓。我伸手接過紙杯，鼻子作為第一防線，率先嗅著。沒什麼氣味。泯一口汁液，微甜。不難喝。我未掏錢買下，但那份甜在喝完之後就納在胃底了。

我再次進入生機超市。仍舊是那位小姐，同樣遞給我一小杯二黑散。「試喝看看，很好喝喔。二黑散。」她約莫忘記我了。人潮來來去去，我只是偶爾出沒的過客，沒理由要記得我。她的記憶庫，我只是黑黑的即溶的人影。

好陣子壓力過大，長期失眠，身體被熬得稀爛。等有知覺時，已經是記憶破洞，鈣質缺乏，整個人像一件因穿久而纖維鬆垮的棉衣，虛晃著毫無彈力的皮囊。

吃些二黑散也好吧。二黑散的營養價值或許可以裨補已經頹敗的身體。人在感受到自己下沉、危急時，會本能地看見什麼就抓，只要可以不那麼快覆沒就好。

回家後，我興沖沖地泡了杯二黑散，大抵是一匙芝麻粉加三匙黑豆粉。那泡出來的黑是有層次的，不是死寂的墨色。即溶的黑豆粉末入水裡，青黑色基底鑲嵌細碎芝麻，錯落在杯壁、中心和杯底。喝到盡頭，黑芝麻殘留杯底邊緣，沉著地，彷彿溪河石頭。

我想起慕谷慕魚的溪流，冰鎮各種華麗的石頭。

二〇一三年的酷暑，我慕名來此。峽谷溪水漱流，我坐在石背上，腳踩進溪底碎石，伸手隨便一撈，那石頭都閃著光澤，鵝卵貌、蔥油餅狀、三層肉樣……，我從沒見過這般石頭，像在冰箱內打撈食物。而溪谷上，一群半裸上身的男子正打下樹枝蓮霧，群聲歡呼。那樣微不足道的小確幸。也許現在要於尋常之中覓得點不平凡或大快樂，已經是太不容易的事。平和的溪水要見到朵朵浪花，除非擲石。

等我返回停車處，轟鬧過後的地上還剩零星小蓮霧。我正準備拾起地上裹了一圈烏泥沙的小蓮霧。司機大哥急急告訴我：「那不能吃哪，都是酸的。」酸的。小確幸。

在忙碌的平常，我從容地在杯中添了點開水，用湯匙拌下杯壁芝麻，想起去年夏天的慕谷慕魚。我仰盡杯囊物，感受芝麻徐徐爬過喉頭的粗礪感。二黑散，也許已經開始修補我虛弱無色的身體。也許它修補的不只是肉身，而是貧乏蒼白的經驗。那樣平凡的小確幸。

也許飲食是一種在日常尋找不凡的遊歷吧。

做生日

只知道是早晨，鬧鐘未響，意識還沉在夢底，就被急促的電話鈴聲勾起。順手接了電話，竟然是媽。

「今天要吃豬腳麵線喔。」

「蛤？」

「今天你生日呀！」

「等等，媽，妳是不是記錯了？」

搞了半天，原來是我的農曆生日。

其實，媽不知道我已經不過生日很久了（何況是農曆）。二十歲之後，總覺得過生日是一件太麻煩的事，一方面得勞煩身旁親友動腦禮物內容、慶祝方式，傷神耗錢；另一方面，免不了被眾人作弄、灌酒，經驗一切難以料想與招架的可怕試煉，也許，成長是要付出代價的。

生日快樂！一種先苦後甜的滋味。

然而，當朋友漸漸因為工作或求學而散居臺灣各角落，若要為了一場生日派對而衝高鐵、追客運，舟車勞頓，也未免有些強人所難，遂轉為在臉書、LINE或SKYPE上視訊或留言，在距離或繁忙的夾縫中慶生，也算是現代人另類的慶祝方式。

這些年來生日恰好處於生活最忙碌的時刻，教書與課業，教人與被教，把老師與學生身分拴得如此緊密，就像一張紙的正反面。行事曆上密密麻麻的開會行程和報告繳交期限，獨獨漏掉生日的位置，因而常常忘記給自己買一塊蛋糕，或者吃一碗豬腳麵線，也忘了回應臉書上那些貼滿祝福的留言牆。等到臨睡前，才忽然想起生日這回事，卻早已累得不想動作。

當自己先對慶生感到疲乏，別人也開始對你懶了，祝福話語稀稀落落，甚至逐年遞減。久而久之，生日快樂，成為陌生的語言。

仔細想想，媽已經很多年沒幫我做生日了。倒也不是因為媽很忙，而是我們從叛逆期開始積增的冰河厚度，還沒那麼快融化。當然，還有一個緣故，是因為念書住校而不常回家。做生日一事便自動移交給同學。

不過，青春期的慶生方式往往叛逆火爆，一場生日像媽祖遶境時那瘋狂的鞭炮，轟然過後，剩下一地的碎片。任由壽星兀自收拾炸碎的心情，品嘗每一次震撼、驚駭與喜悅。

每個月班上同學暗自發起生日整人派對，大家絞盡腦汁編劇本，串聯老師、教官一同惡整壽星。不過，這些伎倆大抵有幾個模式，最常見的莫過於在壽星許願時，冷不防從後腦勺用力下壓，像打排球那樣，一顆頭瞬間傾入奶油蛋糕內；要不就是在課堂上、朝會後，老師或教官藉故點名壽星，讓他在眾目睽睽下被臭罵一頓，正當壽星羞得低下頭，淚水在眼眶準備時，突然，老師斂起肅目，笑嘻嘻地說：「某某，生日快樂！」隨後，同學捧著蛋糕與禮物，高唱生日快樂歌。或者在校園水池畔，壽星許完願、吹熄蠟燭後，一群人趁著壽星來不及反應的短暫時間，硬生生將他推下水池，等他奮力爬上岸邊，再補給他一個大禮物。一時間，壽星的情緒五味雜陳，又氣、又哭、又笑，黏稠地和在一起，難以離析。然後在錯愕之中，慢慢拆閱同學賀禮，吞食奶油蛋糕。

一場慶生，最期待的莫過於最後吃到奶油蛋糕，那是試煉之後的一種補償，蛋糕切塊入喉，之前被惡整的怨念全都一刀兩斷，又和同學們回復到最初的情誼。只見那鮮白蓬鬆的奶油，如泡泡澎澎的；細觀上頭的紋理，細膩摺痕，蜷成圓形，倒像一朵白玫瑰，綴在巧克力蛋糕上，豐盈而柔滑。黑與白相互映襯，夢幻且可口。縱然如此，那些年，我始終戰戰兢兢地過生日。

其實，我記憶中的生日都不童話，特別是家人慶生，既沒有蛋糕，沒有蠟燭，沒有願望，更遑論驚喜。小時候的慶生方式十分傳統、平淡，媽只幫我們過農曆生日，並在當天學外婆準備豬腳麵線。

她用著底部已燒焦的鍋子，盛裝幾乎要滿溢而出的食材，然後她嚴格採取分配制，把食材分裝到我們碗內，強迫大家吃光。但是，那時媽仍是個不諳廚藝的少婦，哪懂得什麼燉煮豬腳的功夫，「形」像即可。那偌大的腿庫漾著咖啡偏紅的色澤，燜在浮油的湯水內，醬油摻冰糖（或者是冰糖摻醬油？）的甜膩氣息隨熱氣急速蒸出，霎時不知該將它歸類在鹹菜還是甜點。無論視覺或嗅覺皆不是孩童的愛。我勉強吃了一口豬腳，豬皮厚硬，如嚼橡膠，更令人害怕的，在於橡膠滲出過甜的味道，霎時間不曉得自己在吃泡泡糖，還是在啃豬腳。

我忍不住打哆嗦，側過頭，將口腔內的詭異東西吐在衛生紙上。大聲吵著要吃冰淇淋蛋糕，那是每個孩童的夢幻生日禮。

媽劈手一個巴掌從我後腦勺襲來，「今日是母難日，給你呷豬腳就不錯了，擱嫌！賣呷！」

驟然想起一回，於朋友R的家裡觀賞她生產實況的影片。畫面中護士們使勁氣力，又推又擠孕婦隆起的肚子，那是每個母親平時極度小心呵護的肚子。這樣的動作來回數次。平日溫柔氣質的R，在產臺上聲嘶力竭地吼著、哭著，如一頭受了傷的猛獸。等到寶寶終於穿越產道，被醫生拉出，R幾乎要奄奄一息。我驚呆了，卻突然明白所謂母難的道理。轉頭問R一個蠢問題：「如果能讓妳再一次選擇，妳還會生小孩嗎？」「會，但可能考慮無痛分娩。」她看了一眼熟睡的嬰孩，微微吐出舌頭，笑著回答。

生日，母難。到底媽生我時是不是瀕臨難產而為母難，爸不在場，當年接生我的醫生也已經退休，唯一能證明的就是媽還未進入產房時，因陣痛許久，哀嚎不斷。我出生時只有兩千五百多克，身體滑出產道後，一雙眼睛只顧望著大人們，約莫是看呆了，關於這豐富的世界，竟忘記哭。直待醫生動手，才哇地一聲哭出來。

我想出生當天，並不是媽唯一的母難日，而是出生之後。尤其當我學會伶牙俐齒地頂嘴，或是各種忤逆的行徑，應該才是災難的開始。

特別，每年生日，想著吃了許多年的豬腳麵線，常想盡辦法，或撒嬌或脅迫，軟硬兼施，要媽別再弄豬腳麵線，懇求換成蛋糕。偏偏媽不肯，用各種養生健康的理由搪塞我。

當生日綰結母難與子壽，身為孩子，僅是專注於每一次慶生的形式，幾乎遺忘慶生的深層底蘊，應該囊括生我掬我的母親。出生，懸浮在苦與樂的雙重場景和意義上。

原來，生日快樂，是一句糾葛生、死與愛的話語。

根據媽轉述豬腳麵線的掌故，麵線形狀細長，代表長壽；豬腳則能去霉運。其實從元代開始，即有在生日當天吃銀絲麵的習俗，都是祝福人延年益壽。於是，生日像一個具有魔法的日子，能讓人們透過飲食趨吉避凶，創造機會譜寫命運的跡線。

壽與命，一直是中國人頗為重視的。豬腳麵線彷彿攸關命運的關瑣，代表兩種意義，一個是生理上的，古時受制於農業社會，人民貧困，藉由生日大啖豬腳麵線，填飽肚腹；一個是心理上的，求取一次翻轉厄運、延長好運的機會，讓食物附會神異色彩。人們得花一段時間，才會發現心理上的意義往往是飲饌的依據，使節日與食物成為某種約定俗成的儀式，經由長輩傳衍給下一代、下下一代……，比生理上的意義維繫得更為久遠。不過，大抵來說，無論生理還是心理，都可算是某種補償蹇困生活的方式。

但是，時至當代，臺灣社會已經不似過往。歷經臺灣錢淹腳目的時代，大部分人家的家境開始轉好，加上西方引入的慶生蛋糕逐漸流行，麵包店的蛋糕越做越精緻，圖樣、顏色越來越花稍，成為時下流行的慶生方式，甚而取代豬腳麵線。我想起中學時的一次生日，我返外婆家度過。當時外婆還未茹素，她見孫子們對豬腳麵線敬而遠之，苦口以豬腳對女生皮膚好為誘餌，釣我們上鉤。最後，這些習俗竟淪為膠原蛋白的代言。我幾乎感受食物在現代與傳統之間，轉化為某種拉鋸，且越趨失衡。

終於有一次，媽主動提議買冰淇淋蛋糕慶生，我雀躍不已。但不曉得是否蛋糕店衛生欠佳，她吃完後狂瀉不止，這倒是真正的母難日了。從此，冰淇淋蛋糕成為禁品，我們慶生仍舊回歸豬腳麵線。

其實，媽並不焦慮我們不吃豬腳麵線，反而選擇蛋糕作為慶生食材。在我看來，她只是傳承，確切地說應該是習慣，在生日時煮豬腳麵線。很多習俗不就這麼流傳下來，當這些變成習慣。

「拜託，上哪找豬腳麵線，什麼時代了。」我對電話另一頭的媽這麼說。

總是愛頂嘴，這點足夠證明自己不曾長大。很多時候，我只是藉由忤逆來找尋自己的位置，與長輩的距離。實則，仍是小鬼一個。

掛斷電話，我躺回床上，認真想哪裡有賣豬腳麵線。

鳳爪

近些年，新竹連續開了幾間港式飲茶餐館，主打一盤五十元內。雖然便宜，卻不難吃，因而饕客往來眾多。恐怕是行銷策略，餐館不能電話預約，所以若赴餐館時間稍晚，得排隊良久。周末，拜母親疲於煮飯之賜，這些港式餐館便成為我們飽足口腹的首選。

新式的港式餐館，已經不若既往由小姐推餐車，上頭擺滿小蒸籠，由客人從車上點選菜餚，取過直接食用；而是轉為在菜單上畫記，由服務生端來。雖然少了點餐的樂趣，但起碼不會受制於餐車大小而產生限量危機。現在，我們坐在座位上，遙望玻璃櫥窗內的廚師身影，遠遠見雪白的制服與高帽，來回在廚房移動，成為飲茶新賣點。由餐車到玻璃廚房，由推車小姐到大廚背影，形成另一種觀賞趣味。

來到港式飲茶餐廳，除了蘿蔔糕之外，往往首要畫記的菜色便是鳳爪。鳳爪是港式料理的特色，將炸過的雞爪放入蒸籠蒸熱，直到皮爛才取出。粉蒸鳳爪，因其外表赤紅，和中國祥瑞之物——鳳的赤羽一樣，故廣東人將雞爪比擬為鳳爪。中國人喜歡以吉祥如意的語彙替菜命名，每道菜餚都福氣起來，彷彿吃下肚，福氣也跟著進入身體。一頓滿漢全席，自己倒要成為長壽永福的仙人。難怪閩南語有句話說：「呷百二！」或許也是如此吧。

我喜歡吃鳳爪。只稍吸吮粉爛的鳳爪，皮與骨隨即分離。那皮口感綿密，和著微辣的醬汁，一同下肚，若配上冰啤酒，鳳爪變成絕佳的下酒菜；若是喝茶，則又中和那辣味。鳳爪隨不一樣的搭配食物而豐饒其韻致。

實則，家中餐桌不曾出現過鳳爪。主要是掌廚的祖母和母親並不擅長粵菜，雞爪多半出現於祭祀場合，祖母堅持拜神明必須全雞、全鴨，那烏黑的爪子縮在闔眼的雞身兩側，閃著油光，令我有些害怕。乃至母親燉的四物雞，那浮出湯面的爪背，微微脫落的黑皮，透出膚白的脂肪，同樣令我反胃。在家中食譜，雞爪僅僅是雞爪，素樸而單調，少了亮眼的名，多是為了祖先的口欲，還有母親對於女兒健康的期許。只是，我幾乎不吃它。

對於雞爪的氣味與相貌，我有了刻板形象與畫定，比如家裡，比如港式飲茶。然而，這樣的刻板印象在Grace眼裡又是另一種模樣。

Grace是加拿大華僑，大學畢業後到臺灣工作，我們在工作場合認識。某次下班，我邀她去板橋吃港式飲茶，她對於中式菜餚頗有興趣，開心應諾。那間餐廳生意挺好，座位難求，排隊一會兒，最後服務生領我們坐在靠近廚房的位置，玻璃窗後掛著烤熟的雞鴨，油亮的茶色皮膜，頗為美麗，它們閉目仰著頭，一排排垂掛在鐵桿上。Grace見狀，面有難色，跟我對調座位，背對廚房。

當我發現Grace點的都是不見屍首的菜色時，突然想到自己選了鳳爪可能是失禮的選擇。果不其然，鳳爪上桌時，Grace險些崩潰，尤其見我大快朵頤的模樣，直嚷著：「你們都吃手喔！好殘忍！」這句好殘忍讓我想起鍾理和〈草坡上〉那隻浮在湯面的雞頭，那晚鍾理和全家無人吃下母雞，他們的悲憫溢於言表。可是，Grace對於雞爪的害怕，並不源於她對於雞的情感，而是西方的飲食觀。她補充，在加拿大，動物的四肢與內臟是被扔進垃圾處理場的。食物在不同國度有如此迥異的下場。

我告訴她這些被視為垃圾場食物，擁有高蛋白、高營養，是華人滋補身體的重要食材，尤其女人月子餐。我憶起姐姐生產後，家人為她燉了整鍋的動物內臟，豬肝、豬心、腰子……。Grace的臉露出吃驚與作嘔的表情。遑論我柔聲建議嘗試看看，她仍瑟縮一旁，整頓飯視鳳爪為隱形物。鳳爪在文化的楚河漢界，畫開東西方界線——文明與野蠻。可是同樣是華人，我們卻有截然不同的飲食視角。Grace覺得我很野蠻，我覺得Grace小題大作，不識美味。就這樣那頓飯之後，我跟Grace

再也沒一同上館子吃飯了。

前陣子，祖母跌墜，右腳受傷。醫生警告祖母骨頭缺鈣與膠質，人一旦過了二十五歲，生理機能下降，尤其年紀漸增，祖母鈣質不足，骨質疏鬆，這勢必導致她的腳不易復元。偏偏不喝牛奶的祖母，只得以其他方式補充鈣質與膠質。於是，我們詢問各種有效的替代方案。其中之一就是吃雞爪。吃腳補腳。雞爪富饒膠質，加上咀嚼容易，對於祖母來說，無疑是良方。

周末，父親母親早早殺去市場，採買大量雞爪。將雞爪洗淨，放入電鍋，再添水，其實操作簡單。經過半日，雞爪已燜爛，骨皮分離，膠質滲入湯水。因而湯碰觸嘴唇，有黏稠之感。不過，因買的雞爪頗為大隻，祖母嚙咬得有些吃力。父親見狀，之後得多些處理手續。

一天夜半，我們被廚房傳來的巨響吵醒。那聲音非常規律，是刀子碰觸砧板的回音。我未踏出房門，卻在床上聽母親喊父親的名字，原來是父親在剁雞爪。可是父親沒有回應，仍舊繼續動作。妹妹躡手躡腳去廚房關切實況，回來告訴我父親邊剁雞爪邊哭，懷疑是不是被邪靈附身，要帶他去廟裡拜拜、收驚。

雞爪彷彿一條勾魂鎖鏈，攫住一個人的靈魂，鉤起在現實中壓抑的那些情緒。

我突然覺得父親平常的微笑與堅強不過是偽裝，他斂起膽怯、擔心與慌張，處理紛繁的事務。只是我們都沒發現，也許父親自己也沒發現，無論怎麼小心翼翼地隱藏，那些舉措已經代替他表達內心話語。

祖母連續飲用半年的雞爪湯後，右腳的狀況日益好轉。而那場剁雞爪記，無人知曉父親當時是夢遊，被附身，還是太自責所導致的。日後也無人提起這件事，但卻在我們心上留下一抹痕跡，關於噪音，關於雞爪。

有天我在員工餐廳見到婦人販賣滷味，同事告訴我一定要買雞爪，這是招牌。我也隨俗買了一些。結帳時，婦人多贈送我幾隻雞爪，直嚷：「好吃再來。」我拎著一大包塑膠袋回辦公室，發現同事也買了許多。我們打開袋子，取出雞爪享用。那爪子亮著深咖啡光澤，沒有港式鳳爪粉爛的外皮，那皮薄薄一層貼住骨頭，散著滷香。我啃食雞皮，確實，滷味入皮骨，我細細咀嚼那滷香，專屬臺式的氣味。

季節交界，北城冷熱不定，我和同事們窩在暖和的辦公室內，邊聊天邊分享食物。提到爪，不曉得臺灣人對於雞爪有沒有特殊的命名，像廣東人說鳳爪那樣，具有如意吉祥的意義。我想。

輯三

廚房

有時候，我們以為我們瞭解自己，而我們所知道的，不過是一連串生活在安適空間裡的固著經驗而已，這個人不想消失，而且即使是沉浸於過去，當這個人著手尋找過往的時光時，他也希望時光能夠「暫時停止」飛逝。空間把壓縮的時間寄存於無以數計的小窩裡。這正是空間存在的理由。

——巴舍拉《空間詩學》

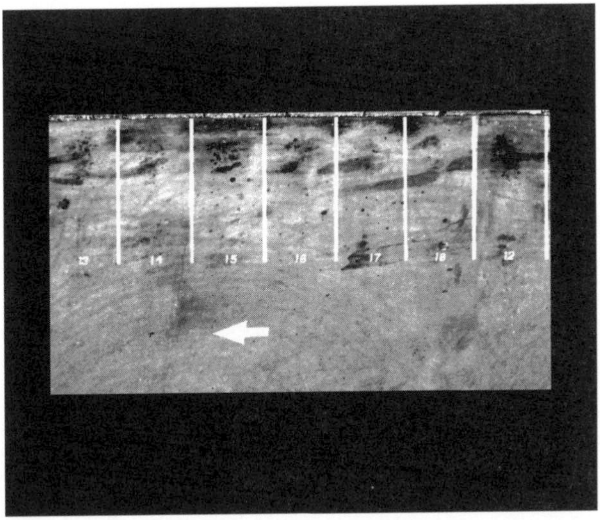

廚房

我常覺得廚房是帶有性別的。

像法語詞彙區分陽性陰性那樣，約定俗成，無從解釋，難以覆滅。

我家就是這樣。

廚房是祖母的。

然則，祖母不講廚房，而叫灶腳。老家的灶腳是傳統式的，居房屋最尾端。狹仄的空間塞入一個鐵黑色四門冰箱、一個磁磚水缸、洗手臺、櫥櫃以及灶臺，灶臺旁邊刀鍋蓋杓鏟懸在牆上，穩穩地攀著，像藤蔓。

那是很古舊的灶臺，紅磚瓦疊起，平臺挖著兩個圓圓大大的洞，上頭永遠左邊放大鍋子、右邊放蒸籠，那些器具幾乎能罩住我一半的身體。這個灶臺是祖父砌成的。後來，添柴火的孔洞被重新修改，轉為瓦斯爐。從我有記憶以來，老家的灶腳就一直是這副模樣。談不上非常喜歡，也談不上非常討厭，普通，像廚房的基調，不奢華也不簡陋，低調而穩妥。

老家人丁多，加上客人時常往來，家中爐灶很常開火，而開火時間也長。祖母待在灶腳，挑菜、煮飯、洗碗，那是她的房間，比臥房還自主。祖母不喜歡別人進出廚房，她對我警告廚房危險，對媳婦說自己應付得來，我幾度覺得這些都是藉口，約莫是不希望第三者碰觸自己的東西，甚至我隱約感受祖母自覺煮飯是另類掌權的方式之一。占有欲藏匿在氤氳的灶腳裡。恐怕，廚房與女人的關係，主動與被動，相互參半。

祖母對於食物十分儉省，削去長霉的紅蘿蔔，剩餘的部分繼續用來和著炒高麗菜；隔夜未吃完的豬肉，作為今日的炒飯，完全不浪費資源。「你阿嬤是窮慣的人。」母親曾這麼說。

此外，祖母煮飯十分溫吞，不似母親速戰速決，她做菜沒有一定順序或計畫，想到什麼就做什麼，那些做法常不在預設之內，但弔詭的是，每次煮出來的味道卻能不偏不倚，彷彿計算過的，如出一轍的酸甜鹹辣，祖母的風格。她常將外頭見過、吃過的食物、電視上出現的美食記起，回家用自己的方式烹調，完成品也常不在預料之內，出奇的好吃，出奇的詭異。拿不準的緣分與際遇。

這十年來，祖父過世，姑姑叔叔們陸續遷出，老家只剩祖母獨居，她已鮮少開伙。幾年前，我們在除夕前返回老家，仍如往常，蒸籠還在爐上，溫吞地冒著白煙，只是不是以前那個大蒸籠，其他廚具亦跟著換成小型的。但是祖母知悉我們歸來，她透早就起床準備，食物分量並不因為鍋具變小就減少，甚至更豐富。

後來，祖母因跌墜而無法久站，她窩在臥房，三餐吃父親買回的便當。有次，我代出差的父親返回老家，拎著便當上樓。祖母臥房的門未關上，走近房門，撲鼻而來難聞的氣味。我屏氣靠近，祖母闔眼躺在床上，床邊有一個小小的紅色冰櫃，冰櫃旁是保溫鍋與一袋垃圾。抬頭環顧房間，除了大衣櫃，剩餘的空間，全都堆滿從廚房汰換掉的鍋碗瓢盆蒸籠。祖母的臥房，連一張梳妝臺都沒有，盡是被時代厭棄的破銅爛鐵，沉甸甸，在旁邊生鏽。我再走近一步，證明這是氣味源頭。嗅著嗅著，莫名想哭。

那些捨不得丟掉的，是否真如父親他們所說只是屈就於不甘浪費，我似乎看見另一個貧窮年代、大家庭時代，在褪色骯髒的器具裡閃著幽光。我不只一次聽過長輩們談起過往流歲，祖母四處向鄰居借鹽、賒米，或醃製或蒸煮將過年祭祀的五牲吃上半年。大鍋爐與克難的烹煮方式，練就祖母的品味，重口味、節儉、樸拙。那些鍋爐、那些記憶、那些卑微，在祖母的房間裡被戍守著，今昔之間，彷彿提醒，彷彿安慰。

也許紀念、懷舊和撿破爛之間僅存一線之隔。我依稀在從灶腳的餘生裡，嗅到屬於那時代婦女的溫良恭儉。

那是上一代的廚房了。

作為七年級知識分子的我很少進廚房。全因為母親的緣故。母親煮飯向來節奏明快，從她打開冰箱拿菜出來時，要煮什麼、步驟如何、出菜順序已經於腦海成形。偏偏，她不善於將腦海中的思緒轉譯為語言，「你去拿那個？」「什麼？」「就那個嘛！快點快點！」這是哪門子的謎語！可是做菜講求精準的時間點，水滾加什麼調味、食材都會影響後來的味道與口感。如此，時間無端浪費在猜測上，反讓她自亂陣腳。母親適合一人掌廚，不適宜第二人插手。當然，也不善教人。我的廚藝不佳，有一部分該歸之於她。

其實，我也不是那樣少入廚房。而是我在廚房時，母親絕不可在那兒。她讓我不自覺地心生畏懼，也不曉得為什麼怕。

臺灣的廚房通常不大，屈身房屋邊緣，緊鄰陽臺。我家的廚房位於陽光進不來的地方，終年陰陰暗暗。空間甚小，容納一人恰恰好，多個紙片人尚可，否則就太擠了。廚房設計者或許明白這樣的道理，一山容不下二虎，廚房小，人少，多少避掉爭執。

不用上課的時候，我獨自在家。早餐時，走到廚房。廚房像大型的梳妝臺，抽屜拉開，拖出夾層，一邊擺著刀盆鍋盤，一邊放著米鹽醬醋。母親不在的時候，被靜靜擱置。廚房悄然無息，正在熟眠。

我從冰箱取出蘿蔔糕、雞蛋和牛奶，放在流理臺上。切蘿蔔糕、打蛋、熱牛奶。打開頭上的抽油煙機，轟隆隆地，廚房甦醒。開火、熱鍋、加油，先煎蘿蔔糕，後煎蛋。母親沒告訴過我這些，我不清楚自己怎麼知道的，可能是早餐店阿姨的關係，莫名記起來成為反射動作；又可能源於遺傳，像紫斑蝶遷徙，並不全然出自記憶，在它們的基因裡也許早存在著移動的路徑。煮飯，好像是早鑲嵌在DNA裡的信息。

一代傳給一代。

我開始密集進出廚房，也是因為母親的緣故。

二〇一〇年，母親住院開刀。這段時間廚房荒蕪，冰箱空曠，我們三餐在外頭解決。廚房總是幽幽暗暗，特別在夜晚，當客廳、房間的燈都捻亮，廚房像缺了一角的屋舍，空空的，有點寂寞。我想起白先勇在〈樹猶如此〉裡寫友人王國祥走後，偶見庭園中兩棵義大利柏樹中央的空缺，那道女媧難以彌補的天裂。不知不覺，懷念起母親在廚房的時刻。

等到我們吃膩居家周邊的小吃，烹煮一事無形轉移到我手中。彼時我仍是不諳廚藝的菜鳥，看了冰箱僅存的地瓜、雞蛋、白菜與豆腐，腦中一片空白。來到母親臥房，打開抽屜，偷翻母親的做菜筆記，或者在youtube上瀏覽型男大主廚，抄寫阿基師的烹調祕訣。我把食譜或筆記攤開架在牆上，拉開櫥櫃，取刀，在砧板上削皮、切菜、刨絲，聽菜刀在木板上傳來篤篤篤的回音，邊看筆記，邊行事，現在要加油爆香，放入豆腐之後再加醬油，一道一道。

隨後，我拿著母親的食譜詢問家人意見，想吃哪道菜，再按著上面的指示到超市買食材，加調味醃肉，慢慢地，學會炒海瓜子、燙地瓜葉、煎肉……，上菜。

「這味道跟媽媽煮的不太一樣。」妹皺著眉說。

看來是不好吃了。

那是有前提的不好吃。可能，我們對於好吃、不好吃的界定出自於味道。味道是某種人事依戀，比如廣告上古早味、媽媽味的宣傳標語，把記憶跟食物鎖在一起。煮飯是有風格、有記憶的。

那段時間，我在廚房內研究食材，腦筋轉著下一餐的菜色，撫摸刀杓瓢鑊鍋盤碗，因此燈幾乎是亮的。有天，妹跟我說，每次回家，只要看見廚房有光便覺得溫暖。母親不在的廚房，不開燈的廚房，而今彷彿若有光。

我突然明白廚房的意義，在屋舍的邊角，散著溫柔和力量。廚房，看似母親的勞動空間，在我們深層的內在，一直以來就是滿足、溫暖我們的處所，我們匱缺的生命在裡頭被摟抱著、被保護著。這裡，似乎不僅是物質的慰藉而已，而是可區辨的人，有血有肉，有溫度有靈魂。

原來，家屋的核心是廚房。幸福，是從邊緣開始。

我常覺得廚房是有生命的，它堅韌、溫柔、樸實，在房屋的邊緣，靜靜地，守候屋裡的人。

食品路

張作驥導演的《爸，你好嗎？》，影片中捕捉不同性情的父親，溫馨動人。其中一個片段描述父親送孩子上學，為孩子買早點，但因時間倉促，父親的衣服竟穿反了，被孩子的同學們見了，頻頻嘲笑。那父親一邊啐著髒話，一邊調整衣服，然後漸漸步出鏡頭。我憶起父親送我上學、搭車的早晨，以及餐廳林立的食品路。

父親住在食品路三十多年，父親的老家是祖父花費積存多年的薪水，在食品路上買了一塊地，獨立蓋起一間四層樓的透天厝。從窗戶望出去，可以看見對面的國小校園，視野頗好。父親搬入新家時，已是少年。他看見家門口那一彎長長的馬路，越拓越寬，然而，正如路名，食品路上確實是販售食品之路，儼然蓋過原本因食品工業研究所而命名，學術氣息之外，增添幾分人情味。

路的兩旁飯館林立，店家開了又搬，搬了又開，臺菜、浙菜、粵菜、西式料理……，數不清的菜色，在這條馬路上匯聚。即便日後他搬離食品路，仍習於載我上學時，刻意走食品路，經過老家，和我訴說這條路的歷史。父親總愛細數這些餐廳老闆的過往，更多是自己的成長，以食物編織故事。

父親的老家附近，有一個賣飯糰的小攤販，父親家裡窮困，他少時常常騎單車經過，看著裝飯的大木桶，再看口袋的銅板，卻是永遠低於飯糰的價錢，因而只能遠望與幻想。但每回大考時，祖父主動為他備妥飯糰；或者考後，帶他去吃碗肉圓。只有那時候，祖父才將嚴厲的神色收起，溫柔地把自己碗內的肉末分給兒子。

等到父親年紀稍長，離家北上，周末回家時，祖父常領著他去食品路上吃東西，有時祖父會點一碗麵，配一樣小菜，靜靜地看孩子滿足地吃光。我不清楚祖父在父親低頭呷麵的時候，是不是也追憶自己的昔日光影，離鄉背井的孤寂、數饅頭度日的辛酸，在那時空下，食物的溫度，順著食道，入腹，暖和長期為了省錢而三餐不繼的胃部，空乏的胃飽脹著豐厚綿密的親情，在腹內消化，化為能量。

祖父性情木訥，加上傳統父親的形象，一直以來，他不擅於訴說心事和心情，我未曾見過祖父和父親彼此較為親暱的對話或舉止，只是偶爾寒暄幾句，或者望著天空，說說天氣近況，大部分時間是沉默的。

因而，外食，構築父親與祖父的相處時光，或許這是祖父對於孩子的補償，也或許這是蓄意製造與兒子一個親近的機會，即便時光寂靜，情感反以食物表呈，在食品路上層巒堆疊起父與子的記憶。

我小學時，父親在南大路買下人生第一間房子，我們搬離食品路，老家只剩下祖父和祖母。但是，父親每次送我上學，總會從南大路轉向食品路，路經老家，然後穿過小巷至學校。我發現父親騎到食品路的時候，會將車速放慢，一路上，父親滔滔敘說過去，左邊那間粵菜餐館的現任老闆是他的國小同學，以前大家周末常一起騎單車到十八尖山遊玩；右側那間快餐店，他在當兵前曾在裡頭打工，一回不小心打破盤子，被老闆咆哮，且扣薪水；乃至一間現已不存在的餐廳，在新店面背後，呢喃舊地址風景。然而，時逢叛逆期的我鮮少和父親說話，踀踀地坐在機車後頭，默背早自習要考的英文單字，偶爾應幾聲，佯裝聽到了。

父親應知曉我的冷酷，卻未曾打住話題，反倒一而再，再而三複述食品路的歷史街景，破舊的招牌、狹仄的店面以及烏黑的菜單，一處我不曾經驗過的繁華與滄桑。食品路拓印父親的回憶，在緩慢的車速中，被反覆瀏覽、溫習。

我猜想，父親是否藉由每一次對我述說餐廳故事，來堅固那條不斷變動的馬路與時光，又或許，他是說給自己聽，而我不過是虛擬的聽眾。

約莫我大學時，食品路末端開了一間山東饅頭店，長期以來，我甚愛在晨起時喝一杯豆漿，這間饅頭店的豆漿，黃豆味香醇濃厚，遂成為青睞的早點。只是，大學離家，在異地未尋獲如此好喝的豆漿，賣家大多水的比例過高，蓋掉黃豆的香醇，喝起來索然無味。父親聽過抱怨後，只要回家，或是載我去搭車返校之前，都會特別買杯豆漿。

饅頭店的位置，恰好作為父親回憶的起點，也是我和父親的記憶樞紐。一次，父親因運動拉傷，走路不便，母親陪他看醫生，打針。然而，隔天早上，我正要返校，和父親說自己可以搭公車至客運站，他不肯，仍騎車送我，並固定在饅頭店停下，執意為我排隊買一杯溫豆漿，且頻頻說：「這小事，昨天打完針，身體好很多了。」要我在車上等他。我見父親盡其身體最快的速度，一拐一拐地走進店裡，一身卡其的工作褲和棉製外套，在氤氳的蒸氣裡漾動，朦朧的身影，有點模糊。

隨後，父親拎著塑膠袋，再度一拐一拐返回。他看著我咧嘴一笑，把塑膠袋掛在龍頭上。他拱起身體，以詭譎的姿勢重新坐上機車，載我去搭客運。一路上，那搖晃的豆漿，像風鈴隨風擺盪，搭配父親講述的故事，有點輕盈，有點沉重。

時移事易，父親說的那間賣飯糰的小店收攤了，原址出租，重新裝修後，又開了新餐廳。前些年景氣不佳，食品路上的餐廳汰換率甚高，有些老店也難以支撐，賠本倒閉。父親如一個蒐集徽章的孩童，指著店家招牌，告訴我餐廳掌故，偶爾感嘆人世代謝。然而，在他的話語中，那些餐廳依然完好，不曾消失。

其實，父親藉由餐廳的故事，作為想念祖父的媒介，特別祖父過世後，食品路在嘈雜的車鳴和人聲中，不斷更迭。我已然看穿，父親在滔滔不絕的言詞裡，投映出焦慮的神情。

漸漸地，回家時間銳減。有時父親送我去車站，經過食品路的邊界，聽他說食品路上的網咖店收攤，新開港式餐廳，他補充臘味飯很好吃，可惜至今我一次也沒去過，印象中仍舊是那間窄小黝暗的網咖店，店外停了一排白色的比雅久（機車）。

我望著馬路入口，想像未來某天當自己重返食品路時，那滄海桑田的街道，會不會和父親一樣，看見某間餐廳，想起某段流光歲月，憶起父親騎車的背影。那時，或許我也會滔滔不絕，如亙古不變的開場白：從前啊從前；或許我只是沉默，在恬靜的腦海裡獨自回味，故事對白，無人理解。

宵夜街記趣

中央大學的側門緊連著一條小街，那應該是五權里最熱鬧的地帶了。它有一個流傳許久的名字，叫做宵夜街。

宵夜街，顧名思義，就是賣宵夜的食物之路。但是宵夜街的白天並不荒涼，實際上，它從白天就開始營業。只稍將雙腳跨過側門欄杆就抵達，兩旁即是攤販，瞬間親炙食物。攤販相偎，一間接連一間，直到宵夜街底。整條路上，賣水果的、賣蛋餅的、賣粥的、賣飲料的、賣麵線的、賣雞排的、自助餐……，包辦三餐、點心兼宵夜。我後來才知道，所謂宵夜街並不是晚上才營業，其實自早晨過通宵，幾乎不打烊，也正因為連宵夜都賣，故而得名。

偏偏宵夜街並不寬敞，舉凡遇到用餐時間，整條街擠得水洩不通，尤其排隊人潮，使得十分鐘的路程，硬生生多延遲五分鐘以上。晴天倒好，最可怕是雨天，雙連坡風大雨大，學生們慣於撐起巨大的阿嬤雨傘。那時，走進宵夜街簡直是場夢魘，進去便沒有退路。只見傘的尾端頂住另一把傘的前端，進也不是，退也不是。有時我乾脆收傘，淋雨穿梭在傘陣中，才能稍微加快步伐。

求學的三年，我的三餐幾乎都在那條街上解決。或許你會以為：那應該很好吃吧。實則不然。初到中央大學念書，朋友領我入宵夜街，即幫我打了預防針：「這裡是美食沙漠，你不要有太高期望。」然後，指著角落一間素食攤販，小聲在耳畔說：「那間店，我每吃必拉。」我望了那間攤販一眼，老闆娘慈眉地對我微笑，我只得趕緊低頭；走沒幾步，朋友又指著便當店跟我說：「我不久前才又在飯盒內看到一條蟑螂腿。」「那間店是雷，小心。」「那間店，老闆竟然在骯髒的保麗龍箱子上切吐司邊。」總總警語，令我咋舌。

不曉得是朋友的話在心裡起了作用，還是店家的食物在腸胃裡起了作用，那陣子，我嘗試吃了同學A推薦的餛飩麵，但我啜了一口湯，竟是甜的，更遑論餛飩，那味道像一次錯誤的偶遇；吃了同學B推薦的小便當，同學B揚言：「三十元保證吃到吐。」我以為那個吐字的意思是飽到想吐，待我打開便當蓋，油膩的氣味浮出，我勉強扒了幾口飯，胃部脹著，確實想吐；還有一次，吃了同學C讚譽有加的大腸炒飯後，狂瀉不止。幾次折磨，近半年我像得了厭食症，詭異的，明明肚子餓，食物在前卻難以下嚥。為了覓食，我板起臉孔，在宵夜街走來走去，仍不知道要吃什麼。

身體歷經強烈排斥之後，發現氣味與口感並不會因為拒斥而改變，終於認清這三年注定得要跟這些食物共存，遂主動放下矜持，習慣當地的烹煮方式。我忘了什麼時候，開始對宵夜街的食物免疫。

於是，我的胃與味蕾緩慢接受可能洗不乾淨的豬大腸，可能誤用調味料的湯麵，可能過分油膩的便當……，然後，等我自覺能將最初吃不慣的食物悉數下嚥，且不至於因此作嘔或腹瀉，不知不覺和其他同學一樣，流連於攤販前排隊，然後被收編為宵夜街的一份子。

當抗爭的高牆倒下，防禦瓦解，我發現攤販老闆的態度轉為和藹且熱情。老店的老闆遠遠見到我，完全讀出我想點的餐色與飲食規矩，立刻對正在炒麵的老闆娘說：海鮮炒飯外帶，飯要少一點。無論我前面排了多少位已點餐的同學，老闆娘總會優先處理，如VIP。

自助餐的阿姨皺著眉頭，對我說：「怎麼那樣瘦，要多吃點。」遂在小小的紙盒內塞滿菜餚。一回，聊天時，她知道我正攻讀碩士，高聲和周邊攤販嚷著：「這妹妹念碩士耶，看起來那麼小不簡單哪。」我靦腆地笑著。從此以後，阿姨便叫我碩士妹妹，叫到後來，整條街的老闆都這麼稱呼我。每次腳步轉進自助餐，一路上各攤販不斷喚我：「碩士妹妹，今天要吃什麼？」「碩士妹妹，怎麼那麼久沒來？」剛開始我怪尷尬地，擔心不光顧那幾間店，有點不好意思，熱絡地招呼聲成了某種人情壓力。好一陣子，我戴起口罩、鴨舌帽，像明星偽裝躲狗仔，只為不讓他們辨識，隨後攜著便當低頭快步離開（但很快地，我被他們的鷹眼識破，只好練習坦然應對）。

這條街上鮮少加入新店面，聽同學說這些攤販老闆都是親戚，彼此相互照應，像一個偌大的家族企業。也正因為如此，和某老闆熟識之後，聊天的內容總很快傳遍其他老闆耳中，那傳播速度與廣度，難以預料。

然而，親族間的情感鏈結，我常看見某攤販老闆見另一攤販忙碌時，主動協助，或幫忙盛飯，或幫忙找零。甚至，某回水果攤老闆娘偶爾遇到突如其來的事情，得暫離攤販，她並不因此打烊，反而十分信任顧客，讓我們自行從冰櫃內取水果，然後自行投錢入餅乾盒內，或找錢。我想起王拓〈金水嬸〉中，描寫金水嬸挑擔到處兜售，她熱心且真心地推薦商品，若遇到有些無法將錢一次付清的顧客，竟還有自由心證的賒帳模式，買賣是搭蓋在信任與良善之上，八斗子村落未經資本商業侵入，仍舊善良、純真。而宵夜街正保留純樸年代的美好時光。

處於如此緊密的社群網絡，即便有些不慣，偶爾又莫名喜歡人群互動所種下的依賴感。

每日晚餐，我習於至水果攤挑選水果。久了，婆婆卸下嚴肅的面容，熱情送我自家耕種的芝麻蕉，順便教我如何挑揀水果。像祖母。有陣子，婆婆為了照顧小孫女而延誤吃飯，只能邊顧攤，邊用晚餐。她見我來，十分興奮，問我晚餐吃什麼，推薦我哪間飯館好吃；並拉我聊天，說她的家庭，談她才兩個月大的小孫女。大部分我扮演聆聽者的角色，見她眉飛色舞如孩童，我也染上愉悅。或許她的聲音和故事有著難以言說的魔力，緩解我的課業壓力與疲憊。我喜歡聽她說話，彌補我遺忘多時的祖孫情。

畢業前夕，我和攤販老闆們道別，水餃攤的老闆贈了我一碗剛熬煮好的柴魚湯，叮囑身體健康之類的話；蛋餅攤的阿姨直嚷有空要記得回來吃蛋餅；飲料店老闆也說回來找他，他願意請客……，我抱著幾乎滿溢而出的叮嚀和情誼，離開宵夜街。

相較於電視新聞，怨主咬牙切齒地控訴哪個不肖商人欺騙大眾，「無奸不商」像一幅橫批，扣在商人頂上。然而，在宵夜街，很多時候，我不清楚這群老闆們究竟把我當成客人，還是家人。也可能，自己未曾留意，其實我已融入社區，彷彿五權里的成員之一。

地下道

至今我仍忘不掉那一群人，在經年失修的地下道裡。

火車站旁有一條漫長寬大的地下道，接連前站與後站。

這條地下道路面骯髒，燈光昏暝，兩旁牆壁也被廣告顏料噴漆上青少年的狂狷姿態，或是渴求月老眷顧的虔心模樣，髒話、情話和高中社團海報填滿兩側空白，青春以叛逆又不要人遺忘的聲勢在壁上猖狂，然而，牆面因雨天漏水，有的地方生了青苔，有的因潮濕而使油漆剝落，露出灰黑的水泥，東一塊西一塊，如患了癩痢一般。中學時代，我們於往常下課後，準時向補習班報到。學校位居後站，所以我們從學校到市區必須穿過地下道，然後至前站的補習班補習，也因而貼近那個破敗與擁擠的地方。

沿著階梯下去，進入地下道，我在流動人潮緊密的律動裡，瞥見四周朽爛的模樣，油然興起一股畏懼之感，只低頭快步離去。唯一的羈絆就屬流動攤販，有人說那是現代人農業心態的殘留，沿著地下道的入口一路至出口，生煎包、紅豆餅、仿古董、三折二手書、永遠在大減價的水貨手錶和皮包、以及殘障人士懷中抱著始終賣不完的口香糖等，一條地下道幾乎包辦我們的衣食，也包辦著居民的記憶，許多攤販是從父親讀書時就在那兒了。約莫，這條幽幽長廊吐納著庶民生活，覆住地面上看不見的人間風情。

尤其學校輔導課開始，下課時間延後，到補習班的時間變得緊迫，這時我們都會在這條地下道內打點晚餐，拎著塑膠袋匆匆跑進補習班。於是每天我和同學一起盤算菜單，大家聊天內容不脫離哪間老闆人很好還會加菜、送飲料，最近開了哪幾間新店，相互推薦餐點，或偶爾八卦哪個老闆的女兒長得正、兒子長得像言承旭，要算準時間來個不期而遇。讀書不比吃重要。

總是這樣，我們還沒走進地下道時，遠遠幾公尺便可嗅到一股食物的氣味，「啊，今天蔥油餅老闆有來」、「曖，明明是禮拜一，紅豆餅老闆怎麼沒出現」……，而我們在攤販的開張與休假之間，揮舞一張填滿密密麻麻的青澀菜單（當時覺得好吃，現在想起倒也不盡然了）。有時我順著香氣的誘引，來到攤販前，捨棄先前早預定好的晚餐選項，投降地從口袋摸出銅板，老闆娘那剛找完錢幣的手，指甲縫還嵌著汙垢，直接從玻璃櫃取出剛做好的北方烙餅，放進紙袋內；酷熱的夏天，往往熱風襲來，地下道又無空調，商家只好一邊滴汗，一邊埋頭繼續炸雞排，不小心汗滴入麵粉，和著雞排一起進油鍋；蒼蠅、蟑螂、老鼠更是常客，在最不起眼的角落饕餮人類餘留的食物；不過，當時倒吃得開心，衛生問題不列入考量範圍。有的老闆見我們駝著沉重的書包，一邊排隊，一邊背誦待會要考的英文單字，總會貼心問候學業情況，微笑叮囑好好念書，將來才有出息。我遞出一張鈔票，並自老闆手心接過油膩且微燙的錢幣，很多時候買的只是陌生人的溫情。漸漸的，我們開始習於飲下這份情感，捨棄地下道外張著大型招牌的速食店或小吃店，忠心臣服於地下道的某一間攤販。

晚上十點多補習回家，地下道悄然無息地換了一幕景象，攤販撤離，騰出的空位變成街友們暫時安身的地方。他們裹著一條舊棉被或只是一張過期多時的破報紙倒頭就睡，貼著左右兩側躺成一排。我不知道那群攤販到夜晚去了哪裡，也不知道這群街友白天在哪，什麼時候進來地下道的。但一直以來我不敢在晚上單獨穿越地下道。食物香味一散，地下道瀰漫危險的氛圍。新聞常報導有女性在晚上獨自穿過地下道時遭人性侵害，或是歹徒潛伏在人群中伺機而動，搶劫事件頻傳，每次聽完總令我頭皮發麻，只得勉強和同學們牽手快步走過，有時寧願多花六塊錢買火車月臺票，或多繞點路。

這條地下道連接起恐慌與繁榮、貧窮與富庶。

聽說這條地下道在日治時代是避難用的防空洞，不過多年來我在這條路上來來去去，卻從來不清楚那個兵荒馬亂的年代。我只是看見絡繹的行人，從後站到前站，人的臉都已模糊，卻還能記得他們身上的配件，反而取代了主體，於是我自人群中認識新一季的名牌包、高跟鞋或3C產品，當他們踏離地下道最後一層階梯，跨入購物商圈，按著倉促的節拍，把城鎮拋諸都會的脈流中，成為現代化的起點；或是從前站往返後站，那卡其色的制服、黑色書包、印有皮卡丘的便當袋，大批地越過地下道，來到眷村，那斑駁的紅漆門、攀著藤蔓的灰石牆，特別在政黨輪替後，家家戶戶一一收起掛在門外的國旗，默默轉為一處繁華的廢墟。當地面上的世界歷時悄然搬動著空間意義，地下道彷彿時間的防空洞，始終未受到襲擾，安安穩穩地存留著往日煙雲。

那些過往全都在地下道這些攤販老闆的記憶裡沉澱，在某些特殊的氛圍下翻騰起歷史餘末。每個攤販都像說書人，心血來潮和我們話當年，老兵的遷徙地圖、臺人經歷白色恐怖的倉皇神色，像翻看一本連載的小說；然後我望著壁上的血紅檳榔渣、油膩烏漬的路面，想像當年的干戈血淚。而這些故事往往被我們挾著往前站或後站，來到學校或補習班，將傳聞拼湊成一卷歷史神話，儘管有點殘缺，有點零碎。

燠熱的地下道，在雜沓的步履中，孳生流言，像病毒，於人潮中川流不息。有人說，那個賣北方小吃的山東伯，兒子因為加入幫派，最近被抓去關，他為了保釋兒子，甚至掏出自己的積蓄，搞到現在生活困難，得到處借錢，最後只好出來賣餅；入口那個乞丐蜷縮在竹蓆上，向過路者磕頭討錢，實際上，乞丐一到夜晚，搖身一變，化作闊少爺，開名車，出入夜店，吃喝嫖賭；那個舊書攤的色老頭，最近和一個菲籍少女勾搭上，他還當眾摸人家屁股；你們千萬別去買那間花生湯呀，上次吃到一半發現半截蟑螂浮在湯上……。眾人進入、走出，張口、閉口，彷彿一隻隻飛舞的蒼蠅，那對翅膀撲簌簌地散播訊息，也散播疾病，於是流言的主角們聞之變色，神情不悅，為此大表感冒。我們未曾明白那個流言背後究竟真實與否，但日復一日，流言竟也如賣家口中的陳年舊事，被時間抛進油鍋內，隨重複的叫賣詞，賣出、買入，成為日常生活的一部分。

我才發現，這條地下道聚集且縮影了社會眾生相，貧寒的、富裕的、年輕的、狂傲的、溫暖的、犯罪的……，所有的故事都窖藏在這裡，以最真實的面貌逼近自己。

我始終來不及理解這些故事的意義，就獨自負笈他鄉。離家多年，未再踏入這條地下道。慢慢的，我開始習於北部現代化的地下生活，鐵路、捷運、地下街，兩旁是Starbucks、Seven-Eleven、爭鮮壽司、康是美、誠品的國際化招牌，乾淨路面，光亮照明，牆面還置放一幅幅美麗的複製畫，然後我和大家一樣掏出悠遊卡搭車、消費，被收編成都會的一份子，開始轉身睥睨起家鄉那條老舊的地下道。

去年過年，我返家，父親因尋不到車位而將車子停放在後站，我們從前站穿過地下道。剛踏進地下道的第一層階梯，我發現那早已非記憶中陳舊不堪、充滿食物氣味的長廊。原來幾年過去，新市長上任，大刀闊斧全面改革市鎮，決定重新整飭這條破損不堪的地下道，牆壁重新粉刷，燈火轉為光明，警察也積極取締商家，幾個月下來，流動攤販不再，只剩下零星幾個街友，於寒冬或雨季時躲進這裡遮風蔽雨，警察也不願刁難，給他們一個賴以生活的地方。

似乎，空間裡仍有不願拋下的依戀。

沿途走去，父親指著某個角落，告訴我這裡從前是一個賣豆花的攤販，父親便是在這裡開始他的初戀。我彷彿聽見那個單純卻遙遠的小販叫聲，以及車上掛著一張油膩又破舊的菜單，全被油亮的白漆掩蓋，被太多的腳印走過，記憶恍如塵埃。

一面走，我懷著忐忑心情，彷彿不小心闖進陌生國度的異鄉人，竟莫名念起中學時代的家鄉環境。我猜父親也跟我一樣想念過往的日子吧，還是他早習慣了現代化的環境，雀躍這裡即將蛻變成新市鎮？而最終，當我走出地下道，迎面而來刺人的陽光，讓我幾乎睜不開眼。

那些故事、那些食物、那些喧嘩，都將隨著城鎮革新而緩緩流出居民的生活，但我知道曾經有一群人是生活在地下道裡的。

地下道像一張口，行人踏在急促的時光中，被漫長又寬大的道路吸進、吐出，成為某種慣性。順著人潮，我小心踩著階梯下樓、上樓，想過去生活在地下道裡的攤販與街友，他們步出晦暗之後，或許前往一個舒適安穩的窩巢，也或許是更惡劣困窘的煉獄。雖然我終無法知道這群人最後去了哪裡，但總會想像，在城市中某個地下道，沿著階梯往下走，還有一處我未曾發掘，未曾想像，也未曾澈悟的世界。

城市是一座咖啡館

「城市是一座咖啡館。」

氣質的桂綸鎂手拿一杯熱咖啡，優雅又帶點俏皮地說出這句廣告詞。她說的是便利商店。我想要說的是真正的咖啡館，可以點完飲料或點心後，安靜坐下來看書、上網、聊天的空間。

離開新竹之前，我印象咖啡館還不那樣多，反而是小歇紅茶一類的泡沫紅茶店不少。當年我和朋友常在此小聚，點杯紅茶，切盤豆干，把整個下午泡在裡頭，泡在微苦與甜膩交錯雜揉的日子。我們吐出許多不著邊際的夢與話，比如開一間花店、騎單車環島，輕飄飄的乳白泡沫，漂浮在日子上頭，貼住杯緣，隨著被吸管抽乾的紅茶，緩緩下降，直到喝下杯底最後些許殘渣，夢話也到了盡頭。

後來，不曉得是什麼時候開始的，等我留意新竹的小歇紅茶消失時，咖啡館以等倍速率增加。尤其Starbucks進駐，此後城市陸續架起丹堤、Mr. Brown等等招牌，蔡明亮的咖啡館也在新竹大遠百對街開幕。周轉街衢，連鎖的、非連鎖的、名人的、路人的，一間一間咖咖館拈亮清一色的黃燈泡，吸引各樣人群走入，人群握著紙杯走出。

咖啡館是城市浮世繪。

1.

近中午，我把桌上最後一張椅子放下。順手翻過門上掛牌，休息中一百八十度輕快地轉為營業中，磅噹敲著強化玻璃，如清脆地一聲歡迎光臨。歡迎光臨。

我把menu和原子筆放在桌上。趁著客人還在翻閱、猶豫，我為自己泡了杯焦糖瑪奇朵，刻意加重焦糖比例。我不怕甜，怕苦。

來咖啡館的頭一個月，我認真品嘗menu上所有的咖啡。我原是不喝咖啡的人，無法理解味道那麼苦，為什麼還有人那麼愛。我受不了苦，總是得放糖、加奶精，壓縮苦味。懂咖啡的老闆A嫌我蹧蹋咖啡，他說咖啡最精萃的不是香氣，而是味道，況且真正明白咖啡的人並不以此為苦。

然而，所謂苦，有時不是味覺，而是感覺。

營業中，我不只一次被奧客刁難、消遣，被熱杯燙傷，也偶爾找錯零錢，從微薄的薪水裡扣款、補差額；不只一次欣羨客人們昂貴、流行的打扮，甚至是握在客人手中的iPhone5，桌上架起美麗的apple電腦，敲鍵盤的聲音都如此動人。我手裡捏住mumu，眼睛盯緊那些挑逗我視覺的事物。

牌子翻過一面，休息中，我秉住呼吸，刷馬桶，拖地板，擦桌椅，蹲在垃圾桶邊，徒手挖出可回收的垃圾，空罐壓扁，疊起塑膠盒。隨著牌子左翻、右轉，我看見籠罩在咖啡香底層，不讓客人發現的，盡是酸臭腐壞之氣，像臺北萬華區，撥開車水馬龍的繁庶，直見滄桑怵目的蹇困，壓在社會最底端、最邊緣。

我在洗手臺前，蘸洗手乳，刷洗雙手腐臭的氣味，抬頭驚見浮在鏡子裡的面孔，那樣狼狽，那樣疲憊，一張遭生活蹂躪的臉，看著看著沒來由地想哭。淚水從嘴角滑過，我舔了一下淚痕，鹹鹹澀澀的。原來真正的苦，並不是咖啡那般苦味，而是雜陳的鹹。

下班前，我們攤在椅子上，一口一口吞食未銷售完的乳酪蛋糕、檸檬塔、蘋果派。那時候我會想起王家衛《我的藍莓夜》，咖啡店老闆總是留了一個位置給女主角伊莉莎白，等著她隨時光臨吃藍莓派配冰淇淋，然後訴說那罐裝滿故事的鑰匙筒。老闆A也留了個位子給我，告訴我吃不完的，通通扔入黑色大塑膠袋，晚點他拖出去回收，接著我們開會討論報表。我總算認清，藍莓夜裡的浪漫，恐怕只在那間王家衛創造出來的時空，或是我幻想出來的咖啡館裡。

我沿杯緣嗅咖啡香氣，喝下，咖啡仍舊是苦的。

可是，覺得已經沒那麼苦了。

2.

有陣子，每天下午兩點，店裡固定出現一位風衣女子。她風塵僕僕地來，揹偌大的包包，踩骯髒的皮鞋，進來，習慣坐在離窗戶最遠的位置，並且只點杯最便宜的美式咖啡。不加糖、不加奶精。她的目的不是咖啡，是手邊的工作。

她很少說話，說話的反而是鄰桌的貴婦，吱吱喳喳漫天絮呶老公的壞話；濃妝小姐品頭論足同儕外貌和行為，或是小情侶的戀人絮語，咖啡館儼然為收音機。轉到哪一桌，就是不一樣的廣播臺。但風衣女子總打開電腦後，僅僅專注於打字、寫字，烏髮蓋住聲音入口。

我不曾見過風衣女子講電話，或者任何情緒與表情。正因為如此，反而讓我更能仔細閱讀她的五官，白淨鵝蛋臉，綴上淡淡柳眉、微挺的鼻子、細長的眼睛與薄唇，若是在路上，這長相是不太引人矚目的，但在咖啡館，一切都不一樣了。甚且每天看，看久也有點味道來，像燉湯，溫火慢熬總熬得出香氣與滋味。

那日，風衣女子匆匆離開，掉了張紙在店裡。我整理桌面時撿到，約莫是文稿，句子與句子間被箭頭拉來繞去，思路如迷宮，纏繞的絲線內被設定難解的密碼。我猜她可能是作家。聽說這年頭作家似乎需要一間咖啡館，浸潤在咖啡裡，孵出靈感，那些文字蘸著濃醇香，讀來美味。那麼風衣女子寫什麼呢？我將紙放在櫃臺。

這是我初次看見風衣女子淡然的臉有了表情變化。往常的平整產生皺摺，如揉一張紙。「請問你們有撿到一張B5大小的紙嗎？」那聲音幾乎與廣播電臺的聲音無異，鏗鏘又甜美，很想對她說，不好意思，我聽不清楚，可以請你再說一次嗎？可惜我終是不敢，怯怯地答「在這裡。」將那張紙還給她。「謝謝。」她薄唇如海鷗拍翅，輕輕揚上又垂下。

後來幾天陸續見過風衣女子，又是毫無表情的臉，點杯美式咖啡。那天的事隨她若無其事地應對，好像沒發生過。

直到有天，她再沒光臨過咖啡館。

休息時，我坐在風衣女子的那張椅子上。托住下巴，猜想風衣女子各種去向，會不會是下雨天的緣故，會不會那份稿子使她賺得一筆錢環遊世界，會不會她生病了，會不會新聞說燒炭自殺的女人就是她，會不會……。我覺得自己被厭棄了。

那張桌椅陸續換過好幾張女人的臉，她們多是時髦的貴婦，偶有青澀的學生，卻是再沒有誰像風衣女子專情於那個座位，或者僅僅是一杯不加任何調味的美式咖啡。也許沒有什麼人事物能夠永恆棲居在某個地方吧，就像咖啡杯，不會只裝同種口味的咖啡，或者僅僅屬於某個人。依戀，是自己拿磚砸自己。

歡迎光臨，謝謝光臨，再度光臨，那些制式話語迎送來來去去的客人，來來去去的咖啡，我始終記不得這張臉或那張臉，他們喜歡喝什麼、糖的比例或熱度。

後來，那個風衣女子越來越模糊，到最後，只剩下「好像」「應該」一類的記憶，如咖啡杯上的漬。

3.

咖啡館租借場地給某出版社辦平安夜趴。

場地租借出去後，員工們閉鎖在吧臺內，因為吧臺以外的，已經轉由出版社做主，暫且無權過問，像極了租界。

出版社的主管是C的朋友，我得以搭順風車，同他們吃喝。C和我並不熟稔這群出版社成員，我們隨意夾了些披薩、鮭魚沙拉與肉片，到邊角的一張小桌子，偶爾翻看咖啡店內的書櫃，有一搭沒一搭地說這本書我有，這本書我沒有。更多時候我們張著眼睛觀看這群陌生人。

C的朋友見我們窩在角落，前來招呼我們，循序介紹絡繹的人群，那個穿紅衣服的是日本漫畫的譯者，他能精通日文、英文；那位穿黑衣的中年男子是大眾文學作家，小說已經賣出，準備開拍電影；那個穿綠衣的男子，他的出版社就是翻譯臺灣小說到外國的……。在場的人來頭都不小。

我們繼續吃東西，布丁、可樂、烤肉，冷熱鹹甜，交錯胡亂吞食，吃到小腹微微隆起。此時，有個男子拉了把椅子到我們身旁，與我們聊天。他禮貌地問了學歷，大部分都在說別人八卦，C已經開始滑他的iPad，偶爾抬頭回應他，「你喝多了。」「不，我清醒得很。」我無從辨識他是醒是醉，竟然選擇與出版社最沒有直接關係的我們說話，他是清楚地知道什麼人該用來殺時間，什麼人是用來談判。醒到了盡頭與醉是無異的。

他接著訴苦自己的小說投到出版社後杳無音訊，他只是想透過這場平安夜趴有意無意與那位總編輯詢問出書下落，然而編輯並未出席。他癡癡地等，等不到，又不好意思掉頭離開，拿了工作人員發的號碼牌，「順便」等待抽獎活動。偏偏抽獎也未抽到他，他摸摸鼻子說要去另外一個地方喝酒。

他收拾東西，我則聽到得獎者與同伴開心拆禮物。說說笑笑，是這場平安夜趴最歡愉的背景音樂。

只是當我回頭，那陌生人已帶著期望與失望步出店外，被黑夜吞噬了。

4.

那天Y帶了男友與男友的朋友前來，四個人，拉出詭異的關係圖。我們各居桌子一端，卻各司話題，除了介紹學歷、經歷，盡談雞毛蒜皮之事，那些從自身剝落的髮絲皮屑，與自己相干，又與自己沒有關係。我不善於應對這種場合，說得少，沉默得多，邊聽邊想怎樣在話題結束前，不那麼快喝掉杯中的咖啡。

我偶爾抬起頭看看牆上的掛鐘，最初看時針，看得有些灰心；退而求其次，望著分針，一刻鐘過去，仍舊難熬；索性看起秒針，哇，已經第三十二圈，快了快了。不曉得秒針已經滑過多少次三十二圈，突然Y與她的男友宣稱有事而離開，陡然留下我跟那名男子，那個與我拉著詭異關係的男子。

啊，慘了，還殘存三分之一杯的咖啡。

那男子把椅子拉近桌沿，好讓身體更靠近我一點。開始滔滔不絕、熱烈不已地領我參觀他的勳章。

「你知道嗎，上次我跟我媽去大陸，按摩妹要勾引我耶。」

「你知道嗎，之前有學姊想要約我跟她喝咖啡，還有要我當她男朋友的，我都拒絕了。」

我瞟了一眼他隆起的鼻子、胸脯、肚腹，便打住，實在不願看下去。眼睛最後落定在那雙豐厚的唇，兩條肥蟲蠕動著。放空。

最後，男子拿出手機，「欸，介紹你看我一夜情的飯友們。」

我愣住。看著他，像看著一隻在沙發夾層的蟑螂，正揮動觸角，挑逗人類打扁牠，偏偏那位置又難以下手。我呆愣，等他自己住口，等我找到適當的角度，狠狠地給他一擊。說太多了，他見我興趣缺缺，自己也安靜下來，那雙虛張的觸角停止晃動。

離開咖啡館，我順手把那名男子的電話號碼刪除，名片丟棄，再沒有聯絡。傳說中的相親，說穿了真有點虛無。

過不久，輾轉從別人口中知道Y跟男友分手了。

再過不久，咖啡館的招牌卸下，一切的一切，我們的關係，隨著咖啡館倒閉。

那是被詛咒的咖啡館吧。我篤定。

5.

咖啡館倒閉之後，我來到臺北，在溫州街裡邂逅許多間咖啡館。有時在門外看裡頭的人，想像他們來咖啡館的意義；有時在門內看外頭的人，聽咖啡館內的多音，配給外邊行人，拼貼歪七扭八的話語，想來讓自己笑笑。

城市一點一點密布咖啡館。那些人，那些故事，浮動的影，流動的話，泡在香氣裡，摻著點苦，和入點糖，添些奶精。好像是整段人生的隱喻。

城市是一座咖啡館。

對我，咖啡館就是一座城市。

菜市場

菜市場，一個複合買賣、人情、故事的地方。如它本身散發的複雜氣味。

老家距離菜市場只毗鄰一條短短又窄仄的小路，只要越過小路，就到市場了，再怎麼緩步，路程也不超過五分鐘。也許太近，祖母總在指針跨過十點後才拖著菜籃，喀拉喀拉地出門買菜。

那時市場並不像現在，把攤販聚集在某個建築物內，而是零星地散落各巷弄間。祖母鷹一般敏銳地走入小巷，準確找到攤販位置，然後銳利地挑揀新鮮的果菜魚肉，和老闆殺價過招。祖母總是在市場逗留許久，她喜歡邊買菜邊和其他婦人或熟識的店家聊天。

「你家孫女金古錐，多大？」（我年幼時，祖母常虛榮地幫我梳妝一番，然後攜著我上市場，像秀鴿子蛋鑽戒那樣，讓別人稱讚。）

「你家兒子現在在哪上班？」

「我家媳婦啊，說只要進市場就想吐……」（婦人翻個白眼，繼續抱怨。）

「我家的大娘姑的兒子去年娶了一個外籍新娘，包了好大紅包，想不到一個月就跑了。」（眾人驚呼連連，哀嘆不已。）

……

毫不扭捏，老闆、婦人們滔滔不絕地訴說自家發生的事情，話題卻始終避談自己。

記憶中，我不曾吵鬧，在一旁靜靜聆聽這群大人說話。很快地，我認識每一位大人，知道他們家的事情。即便偶爾夾雜初識的人，大家也能很快透過相同話題而熟絡起來，預約下次買菜時間。我不禁納悶，那時他們怎麼從未顧慮對方底細，是不是好人？是什麼職業？從哪裡來？要往哪裡去？他們僅僅是相信，明天，十點半，在此集合，繼續未完的話題。

幾次下來，祖母累積許多口袋名單，買肉去哪邊，買菜去哪間。因為太常光顧幾間店，老闆們會不時慷慨多送我們蛤蠣、蔥等，這使得祖母十分忠心於某幾間攤販。

多少次叔叔要祖母別買某間攤販的蝦子，壓根不新鮮。祖母只是隨口應應，下次還是照樣去那裡買。「那間卡俗啊。」祖母辯解。但我知道那不是俗而已。在市場裡，買賣之上，還有比買賣更具意義的，不是好吃不好吃、便宜不便宜那樣簡單。

我喜歡上市場。絕大部分是為了各種漫天迷離的故事而來。大人們只要站在市場一隅，便能開啟聊天室，久久不散去。直到第一個婦人忍不住說：「要中午了，要回去煮飯了。」才意猶未盡地結束議題。

我一點一滴兜攏菜市場的世界。

說出，聽入，像以物易物的交換。

喀拉喀拉，他們拖著滿載而歸的故事離開。

九〇年代中期，新竹出現第一間大賣場。慢慢地，從母親這代開始，我們鮮少上菜市場，而是選擇量販店，一次備齊所有生活必需品、一周的菜色。

賣場相較於傳統市場乾淨、條理，包裝清晰，上頭數字標示得精準，多少斤、多少錢，與我記憶中菜市場以整數5或0結尾的算法，以及與小販討價多幾斤、少幾兩的生態並不一樣。而婆婆媽媽們也鮮少在賣場交談，來賣場的婦人多和自己的丈夫小孩朋友前來，合力把數天需要的食材扛回家。她們不是單獨來，也就不再同市場那樣自主和別人說話。陌生人與陌生人是靜默的，沒有交談。

大學之後，住處十分便利，附近有零售市場、超市和賣場。然而，我們並不那樣依賴市場，像某種世代天性，沒有理由，不用言說，自主選擇去超市或賣場。

周末，我和學姊、同學們到明亮的賣場，那邊清楚標誌出物品位置和行進方向，我走過一遍，就差不多能記住哪層樓、哪個位置擺賣什麼東西。晃過幾次，我發現市場和賣場的最大差別不是販售的內容和方式，而在於顧客年齡層。年齡和世代，畫開兩個區塊的對話生態。

彼時，身旁的同儕們或多或少有些鄙薄市場，認為那是有年紀的人才去的地方，又或者認定那和時尚無緣，又或者是人多口雜的基調。

我聽過A學姐說的八卦。當時系上學長和女友時常光顧市場，與老闆們幾乎熟識。一年後，兩人因第三者介入而分手。當學長傷心和老闆訴苦，才曉得早在分手之前，整個市場的老闆都見過女友和第三者的親密舉措，甚至之後的分手宣言也如市場內漫天的腥臊氣息在人群拓開。難怪那陣子老闆們看學長的臉色與神色有些怪異。難怪耳聞此事的人，不喜入市場，害怕捲落別人口舌。畢竟，聽取故事與捍衛隱私在同一人身上是相牴觸又相矛盾的，既想聽別人的故事，卻不要成為別人的新聞。

於是，很長一段時間，我也不曾進去市場。我更偏向優游於賣場，沒有陌生人對我絮呶不休，沒有攤販注意我，也沒有人囉嗦我該怎麼挑菜揀水果。完全不用開口向人說話。即便在試吃的地方，拿了煮熟的水餃、喝過牛奶、吃塊小起士，說聲謝謝就可以扭頭就走，沒有人情壓力，多了點自在，正巧適合慵懶的周末。

不過，賣場之於我的熟悉感，僅只為了能夠不假思索找到想要的東西；和祖母不同，她是為了攤販而去的。恍兮惚兮，賣場裡營構的舒適感，實際上正淡化人與人的距離和情愫。

那是契機。

年前，我回老家，陪祖母逛市場。空間沒變，感覺卻生疏了。部分攤販把經營權交給下一代，我聽祖母和他們寒暄，聊老闆的爸媽，聊過往的事；有些攤販已經年老不賣了，舊位子換做別的生意。人事物，在我不曾留意之處，更迭、遷移。

乖隔多年，祖母的舊雨新知見到我，紛紛簇擁上來，眼神閃露驚喜，忍不住訝異道：「啊，孫子都這麼大啦！」隨之，如我所顧慮，那抹挑菜的銳利鷹眼，認真透視我。她們進一步追問細節：什麼學歷、有沒有男朋友……

原是萬般厭惡，但聽見祖母感慨：「咱都老了。」（那又另開婆婆媽媽們別的對話窗臺）突然有些感悟。

可能，再老舊的話題永遠都有新鮮的聽眾、對話，永遠有著深長曲折的寓意等人剖析。就像市場上販售的蔬果魚肉，每一季、每一天，鋪張新貨色，總會有不一樣的客人挑選、挑剔。那麼，祖母想到什麼了呢？

回家途中，祖母告訴我市場預計要拆除。我問了原因，曉得建築太過老舊，翻新有其必要。這段對話，祖母沒有太多不捨的情緒，而是輕描淡寫這個事實。也許她已經懂得怎麼應對汰舊和分離，如若每次買菜，這間店買不到，沒關係，還有下一間。不要緊，還有明天。

這些年，市場的轉變，把祖母淘磨成一個淡然的人。

這些年，購物模式的轉折，將我形塑成一個漠然的人。

可我聽得出來，祖母的惋嘆裡仍舊有不捨，勾起她不捨的，會是什麼？而我不懂的，其中引我探究的又是什麼？

有天，我在街頭迷路，誤闖中山市場。午後，攤販意興闌珊準備收攤。我在裡頭環了一圈。看見涼糕和麻糬。和老伯伯點了一份麻糬。我在旁邊看他熟稔地在麻糬中心嵌入紅豆餡、花生粉和芝麻粉，將麻糬封口、沾花生粉，驚訝那雙暗黃色枯手竟如此靈活。

後來我陸續來過幾次，專門點份麻糬。開始和老伯伯聊天，知道老伯伯年輕時在湖北某間小學校當美術老師，孑然一身來到臺灣，掙了點錢，年近四十娶了一個年輕的泰雅族姑娘，然後，兩年過去，老婆跑了，騙光他的積蓄。命運翻轉，這中間的故事他濃縮「然後」兩個字，輕淺帶過，然後，他成了市集一隅風景。他的苦澀藏在甜點裡。

臺北的市場許多是日治時期遺留下來的。然而，日治的味道已經淡薄，在史料或口傳中投映出淺淺的模樣。現在，更多可以見到的是外省爺爺奶奶們的故事。他們在市場裡物色家鄉的氣味，尋找同鄉人的身影，交換記憶，複習記憶。

在臺北的市場，我看見遺民在時間洪流裡的掙扎，透過攤販製作的食物和衣物，滿足一些思鄉的或者慣習的氣味。

可是，我卻不曾真正認識那些人事物。可是，我卻敏銳地察覺老闆和兜售物品的關聯，那不是維持生計的依存關係而已，更像鏡子兩端，一端曝亮生命故事，一端又遮蔽心情暗影。然後，我深深明白顧客在市場逐漸養成某些習慣，固定光顧某幾個攤位，也許他們追尋的不全然是物美價廉的商品，有時是食物散發的熟悉氣息，有時是老闆說話的口氣和故事，打動自己的，往往是那些貼近自我的心靈或經歷，隱然於購物情結裡，豢養記憶，延伸未盡的人生故事。他們市場內大肆談天，話當年，在這個時空裡追悼鄉愁。

菜市場內閃爍著集體住民的悲喜。

我繼續在各個菜市場流動，像游牧民族。直到有一天，我赫然發現習慣去某些市場、某幾間攤販買某些東西，試著與老闆交換生活故事，那些我不敢、不曾與親友訴說的心裡話，竟能不加掩飾地告訴陌生人——一個獨立在我生活圈之外的人。在傾吐和聆聽之間，我彷彿在老闆的身上看到自己的某個部分，脆弱、剛直、挫敗、轉折，但弔詭的是，我與老闆的年歲與精力相差甚遠，怎麼可能重疊。也許是我醉心於把自己錯置在老闆布設的時空，也許是我們營構存在與不存在的自我是那麼的相似。

突然懂得祖母那輩的女人為什麼那樣依賴市場。

很久以後，我又開始喜歡上市場。曉得買賣背後，與陌生人交流、交付一點真心，是菜市場最珍貴的資產。

雜貨店、柑仔糖與我

說起雜貨店，腦海第一時間閃現出白底紅字的木板招牌，招牌底下是一處終年漆黑的舊宅，裡頭永遠有位閒閒打蒼蠅的老闆娘。但屢次提及雜貨店，卻又會莫名挹注一股雀躍緊張的心緒。確切來說，這應是小學經驗造成的刻板印象。

我常在掃地時間，和男同學一起翻出校牆，偷跑到後門對街的小雜貨店，只為了一包十塊錢的柑仔糖。那老闆娘的容貌我已忘記，只記得店內好多零嘴，我們搶著購買，一群高分貝的童音和短小手指，又嚷又指。我們乾巴巴地望著其中一桶只剩二分滿的柑仔糖罐，老闆娘勺了一匙柑仔糖入透明塑膠袋內，看著秤子，來回從塑膠袋內取走一兩顆，或置入一兩顆糖果。那片刻，我們十分緊張，一來害怕被老師抓到，二來不曉得糖果會不會賣斷，還有什麼時候輪到自己買糖，糖果會不會變很少。急得心跳加速，連耳膜也感受餘波盪漾，撲通撲通懸宕回音。偏偏那老闆娘的速度總是緩慢。

也許，溫吞是雜貨店的基調，以至於從來跟不上高速發展的社會，棲身在拉皮過的樓房與新起的高樓縫隙，顯得更為老態，充滿時差。

電影《10+10》裡，其中一個故事描述資本主義衝擊下，一間名為永久雜貨店如何在7-ELEVEN稱霸的社會裡保住一席位置。所幸，目前還尚屬新舊兼容的狀態，雜物店與便利商店，各自持有一定的顧客群，即使市場比例懸殊。

「你知道哪裡有雜貨店嗎？」

「欸，這年頭還有人去雜貨店嗎？」

「你要買什麼非得去雜貨店，現在連7-ELEVEN都在賣金紙了。」

便利商店變得臺式，來勢洶洶奪取雜貨店的位置。但是，正因為雜貨店日益式微，當我在便利商店的架上選取甜食或飲品，乃至便當；當老家附近的兩間雜貨店相繼倒閉，我一度以為雜貨店已經絕跡，甚至開始覺得雜貨店是懷舊電影的一幕場景，或者是偶一出現在夢境的幻影。

去年底在馬尼拉的文藝營內，聽見馬華學人談家鄉販售生活用品的小店，我想起臺灣的雜貨店。然而，我的記憶恬靜無聲，如默劇。畫面是晦暗神祕的小屋，屋內亮著色彩絢麗的柑仔糖罐，如寶石；而老闆娘的臉疊起笑容，皺褶的臉皮，露出突兀的銀色假牙，把最後一杓柑仔糖放入我手心。我正要開口，老闆娘怎麼變成馬華學人的臉，我吃了一驚，回神，那學人一臉狐疑地看著我，拿了一顆薄荷糖請我吃。也許，雜貨店不是雜貨店，它以詭譎的姿態——童年的變形體反覆出現於我的認知裡。

今年寒假，我至中壢，暫住同學的租屋處。住所沒有飲水機，喝水得仰賴瓶裝水。同學領我穿入巷弄，到一間老舊的雜貨店買水。商店外頭置放兩個大竹簍，一個曬黃瓜，一個曬乾柿。竹簍旁則有箱蔬果，任人挑選，頗有傳統菜市場的樣貌。跨入門檻，鐵架橫陳，架上、石灰泥地凌亂地置放食物與生活用品，臉盆、金紙、拖把、柑仔糖、臺啤、生薑……，像社區的補給站，沒有精密的顧客分類，也沒有嚴謹的商品範疇，客人想要什麼就提供什麼。

屋內日光燈微弱，冰箱的亮光成為重要燈源，如昏暗中亮起的一雙貓眼，怪可怕的。加上擺設隨意，若不細心走路，必定會跌跤。同學帶我在鐵架與塑膠箱子的狹仄走道找水，觀左右兩側，物品式樣都顯得過時，流連緩慢的時空，同學在一旁提醒我：「買食物得要特別留意保存期限。」製造日期、保存期限標示出舊時光，原來，食物在這裡特別容易產生時差。隨後我們一人兩手提著四大罐水瓶到櫃臺。

結帳時見一名高中生偷買香菸，老闆娘邊找錢邊告誡他：「少年郎少抽點。」像祖母對孫兒說話的語氣與神態。她轉頭見我們兩個女生手提水瓶，直嚷著怎麼不找男生來，一會兒或說要幫我們介紹對象，哪個巷口住著在科學園區上班的單身工程師，哪戶人家的兒子剛從美國返臺……，對於社區人口瞭若指掌，不輸里長伯。也許，我誤會雜貨店的性質了，買賣其次，情感為上。社區以此為中心，輻輳出鄰人圖誌。

為了添購家用品，出入雜貨店幾次，漸漸地我與老闆娘熟識後，她開始主動奉送自家種植的蔬果，或者算錢時自動扣除零頭。她會和我訴說她的生活與家人（即便我從沒見過），偶爾抱怨她的兒子；或者教我怎麼挑揀蔬菜，說挑對象和挑菜一樣，不用找太完好的，那種往往灑農藥，危險；並推薦我好吃的餐館或健康食品。老闆娘曉得我只是生命中一個過客而已嗎？

假期過去，我重整行李返回臺北。北城以其時髦的形象，踏在島嶼生活的前方，每季新資訊、新流行異動，難以捕攫的速度，像手指滑過手機螢幕，訊息倏忽就過。我漫步在7-ELEVEN、全家、萊爾富等便利商店林立的城市，出入明亮的商店，聽穿著制服的年輕工讀生喊「歡迎光臨」、「謝謝光臨」，看著架上推陳出新各種、各國的糖果、飲料，不用擔心老闆會不會偏心別人，或者衛生問題。然則，不知道為什麼，我偶爾會懷念起雜貨店、木板招牌或拿蒼蠅拍的老闆娘，乃至每一次熱情的對話。

有時候，我刻意走入巷弄，看等待都更的灰泥老公寓、老舊的騎樓，猜想樓與樓之間會不會存在一間雜貨店，也許裡頭仍有柑仔糖罐，也許裡面根本沒有拿蒼蠅拍的老闆娘，也許雜貨店對於我已不純粹是購物的意義，而是某種證明，證明舊時光還沒死去，青春的記憶與經歷仍在華麗都會內蹣跚步行。

「請問哪裡有雜貨店呢？」

「你要做什麼？」

「我想問老闆娘還有沒有賣柑仔糖。」

問與答之際，閃過一抹緊張。

似乎那種商店是很久以前的事了。

母音

有段時間在英文補習班當助教，教學的起點伊始於字母，我反覆教初學的孩子們辨識母音和子音。其實很簡單，母音只有a、e、i、o、u，少少的，卻足以撐起一個單字，更為子音重要砥柱。後來我發現全世界所有語言都有母音，也都少少的，也都非常獨立堅強，在拼音裡穩如磐石。

要發出母音不難，這也是咿呀學語的嬰孩最本能發抒的單音，最原始的人類話語。可是，為什麼要喚為「母」呢？許多構詞以「母」字指代原初、根本的東西，比如母國、母土、母語、母校、母本、母錢……。母，直探人的本源、本質，以及那些堆放在潛意識的各項本能。而「母」，作為這篇後記的標題，作為創作理念的關鍵詞之一，不管是後設補充未盡之語，還是預設地從母勾連女性視角、書寫小女子世界，描繪身體髮膚以及走過的每段路；其實，到最後，全都是在挖掘、勘探自己。

去年年底，人在上海，跨年當天我沒有到外灘，下午和朋友到五角場買完東西，就直返宿舍，窩在寢室將《腹帖》定稿。《腹帖》收錄近四年的作品，有些曾在報刊雜誌、文學獎中露面，有些則孤單地存在電腦資料夾裡，實則，文字尚還青澀、稚嫩，我邊速讀，邊修改。讀與寫，憑藉某種叩問的姿態，讓自己再認識、再體悟。在那過程裡，時常詫異當年怎麼會這樣想、這樣寫，刪修之際，不懂為什麼有時預設的腹稿和寫出來的背道而馳，只感覺寫著寫著，現實的善與惡在文字林裡淨化為朵朵燦爛的蓮花，或者寫完之後覺得看世界的角度有點不一樣了。

晚上，把文章mail出去，外頭即刻傳來人聲、煙火聲。我披著外套走到陽臺，還聽得見人群倒數的聲音，每個地方倒數的時間都不太一樣。同時，看見旁邊熠閃的煙火，一下紅、一下綠、一下黃，燃亮了又寂滅，寂滅了又燃亮。再隔著樓房，遠眺東方明珠塔的銀紫色尖端。抬頭，滿天星斗。新年快樂！去年種種已經前秒死，一切歸零重計。新年快樂！新的一年開始撥轉，有的事情完成，有的事情等待完成，譬如寫作，譬如論文，譬如……，它們是此刻的母音，在某段生命史裡無疑是主旋律。

a、e、i、o、u，每個母音圓潤飽滿，拖拉著悠長的尾音，如若這一路上在心底餘韻繚繞的人們。謝謝師長朋友一路上支持打氣，特別李瑞騰老師、陳惠齡老師、黃雅莉老師在創作初期一度是我仰賴的讀者，他們悉心評閱文章，點撥寫作奧義，然後殷切盼望：有確定的方向，還得有往前行的勇氣和毅力。鈞堯老師、憶玫姐和時雍不時來信邀稿，或刊載作品，讓我的文字在報刊雜誌裡有揮灑空間、露面機會。謝謝國藝會從創作到出版資助素人完成夢想；謝謝九歌出版社協助，素芳總編的提攜，主編珊珊照應著大小瑣事；謝謝前輩朋友們推薦這本小書，鈞堯老師百忙寫序。還有碩班以來，指導教授康來新老師的溫情與樂觀，總令我覺得就算外頭情況再糟，心仍暖暖的；語婷、瑤婷、婕敏不吝分享創作觀，抑或在徬徨時讓我隨時靠岸，都令我感激與感恩。最末，更要謝謝願意翻閱《腹帖》的讀者。

謝謝你們，無論對這本書或寫作者，都是最重要的母音。

九歌文庫 1186

腹帖

作者　徐禎苓
責任編輯　羅珊珊
創辦人　蔡文甫
發行人　蔡澤玉
出版發行　九歌出版社有限公司
臺北市105八德路3段12巷57弄40號
電話／02-25776564・傳真／02-25789205
郵政劃撥／0112295-1
九歌文學網　www.chiuko.com.tw
印刷　晨捷印製股份有限公司
法律顧問　龍躍天律師・蕭雄淋律師・董安丹律師
初版　2015（民國104）年4月
定價　260元

書號　F1186
ISBN　978-957-444-990-3
（缺頁、破損或裝訂錯誤，請寄回本公司更換）

本書榮獲 NCAF 國|藝|會 創作補助　出版補助

國家圖書館出版品預行編目資料

腹帖 / 徐禎苓著. -- 初版. --
臺北市：九歌, 民104.04

面； 公分. -- (九歌文庫 ; 1186）

ISBN 978-957-444-990-3（平裝）

855 10400284